26. 10. 21

Martin Willi

Das Ende des Laufstegs

Für Min-Tzu und Franz

Besten Aufrichtigen
Dank für euren
Auftritt. Alles
Gute wünsche ich euch.

Martin Willi

Das Ende des Laufstegs

Kriminalroman

Impressum

© 2018 Münster Verlag GmbH, Basel

Umschlag und Satz:	Stephan Cuber, diaphan gestaltung, Liebefeld
Umschlagsbild:	shutterstock.com / andreiuc88
Druck und Einband:	CPI books GmbH, Ulm
Verwendete Schriften:	Adobe Garamond Pro, Artegra Sans
Papier:	Umschlag, 135g/m², Bilderdruck glänzend, holzfrei; Inhalt, 90g/m², Werkdruck bläulichweiss, 1,75-fach, holzfrei

ISBN 978-3-907146-02-6
Printed in Germany

www.muensterverlag.ch

für alle, die mir in meinem Leben
begegnet sind und Gutes getan haben

Wo immer ihr seid, was immer ihr auch tut

Irgendwann, irgendwie und irgendwo
wird alles so kommen wie es kommen muss …
…denn Jede(r) findet auf der Welt sein kleines Glück

Prolog

Es gibt Tage, die hätten nie das helle Licht der Welt erblicken sollen, die hätten niemals von Gott geboren werden dürfen. Es gibt Tage, an denen das Blut in den Adern gefriert, an denen das Lachen der Kinder verstummt, an denen das Pfeifen der Vögel sich wie Fliegeralarm anhört, wo sich ein zartes Streicheln wie Schläge mit einer steinernen Keule anfühlen. Genau heute war ein solcher Tag, das war Sabrina nun mit aller Macht und Deutlichkeit klar geworden, aber es war zu spät, es war viel zu spät ...

Oh Gott, warum ich, warum lässt du mich nicht leben? Ich wollte es doch nur schön haben auf der Welt, ist das jetzt die Strafe dafür, dass ich erfolgreich sein wollte? Das kann doch nicht so schlimm sein. Warum ich, oh lieber Gott, warum ich, warum denn ausgerechnet ich? Ich bin jung und hübsch und habe dir nichts, aber auch rein gar nichts getan. Warum ich? Warum darf ich nicht mehr leben? Viel zu spät, alles vorbei, und jetzt? Manchmal möchte man sich einfach nur in das dunkelste und hinterste Loch der Welt verkriechen und nie mehr hervorkommen. Es gibt Tage wie dieser, ein Tag, der nie das helle Licht der Welt hätte erblicken dürfen, denn das Licht hätte sich vor Scham in die dunkelste Höhle auf der einsamsten Insel der Welt verkrochen ...

1 (Montag, 22. April 2013)

Einfach unglaublich dieser Frühling in diesem Jahr, dachte sich Hans-Peter Huber nun schon zum wiederholten Male als er gegen den finsteren, fast etwas unheimlich wirkenden Nachthimmel emporblickte, *jetzt haben wir doch schon den 22. April und wir hatten noch kaum einen warmen Tag. Das gibt's doch gar nicht so was. Das hab' ich wirklich noch nicht oft erlebt.* Es musste wohl in der Tat schon seit Tagen unaufhörlich geregnet, nein, schon eher geschüttet haben. Zumindest war der schmale Waldweg dermassen verdreckt und schwer zu begehen, wie es Hans-Peter Huber noch kaum angetroffen hatte. Und dies hatte nun tatsächlich etwas zu bedeuten, Hans-Peter war doch schon knappe 70 Jahre alt. Ein starker Südwestwind wehte durch die Bäume und Sträucher, deren wildes, ungestümes Rauschen überaus deutlich zu vernehmen war. Ganz offensichtlich herrschte hier ein Kampf des Windes gegen die Bäume, die er mit aller Kraft zu entwurzeln versuchte, doch dafür war er denn doch zu schwach. Oder etwa doch nicht? Zumindest vernahm Hans-Peter das Knarren der dunklen Bäume und es schien ihm, als sei es nur eine Frage der Zeit, bis die ersten Baumstämme den Kampf gegen den Sturm verlieren und wie Zahnstocher auseinanderbrechen.

Die Bäume knarren ..., ja so heisst doch ein Gedicht des deutschen Lyrikers Georg Heym, erinnerte sich Hans-Peter Huber, als er kurz innehielt und mit schneller klopfendem Herz dem bedrohlichen Knarzen und Krachen lauschte. Ein Gedicht, das er in seiner Schulzeit auswendig lernen musste und auch jetzt noch immer kannte und überaus liebte: *Die Bäume knarren, wirr betäubt. Sie wissen nicht, was sie auseinandertreibt, ihre haarlosen Schöpfe. Und die Raben, über den Wäldern gesträubt, streifen in das Verschneite weit, eine klagende Herde. Die Blumen starben in der goldenen Zeit und Winter jagt uns über dunkle Erde.* Georg Heym, ja dieser Dichter hatte es Hans-Peter Huber schwer angetan, er bezeichnete sich selbst gerne als absoluten Heym-Fan. Dies obwohl Heym aufgrund seines frühen Todes nicht wirklich bei Jedermann bekannt war, dies war ja auch gar nicht möglich. Heym verstarb mit erst 25 Jahren beim Schlittschuhlaufen auf der Havel, als er seinen Freund vor dem Ertrinken retten wollte. Dennoch hinterliess der Autor seiner Nachwelt die stolze Zahl von über 500 Gedichten und literarischen Werken. Trotz seines kurzen Lebens gilt Heym heute als einer der bedeutendsten Lyriker deutscher Sprache und Wegbereiter des literarischen Expressionismus. *Was wäre wohl aus ihm geworden, wenn er länger gelebt hätte?* Flurin, Hans-Peters treuer Hund schien heute nur widerwillig den für ihn eigentlich gewohnten Abendspaziergang mitzumachen. Dies war nun wahrhaftig unschwer zu erkennen. Geräusche wie Wind und Donner waren dem fünfjährigen reinrassigen deutschen Schäferhund mit dem vollen Namen «Flurin von Hohenroggen» ein richtiger Gräuel. Bei einem Gewitter wurde der sonst so stolze kräftige Hund zu einem Jammerlappen. Da verkroch er sich am liebsten winselnd im ruhigen Keller des Einfamilienhauses, in dem Hans-Peter seit dem Tod seiner Gattin Dora mit seinem Hund alleine lebte. Für Hans-Peter war Flurin viel mehr als nur ein Hund. Vor allem seit Doras Tod war Flurin zu einem Kameraden, ja zu einem treuen Freund und Begleiter geworden, den er mit Bestimmtheit nicht mehr missen wollte. Das Sprichwort «Der Hund ist des Menschen bester Freund», hatte für Hans-Peter seine absolute Richtigkeit.

Vor etwas mehr als zwei Jahren war es, als Dora plötzlich ohne Vorwarnung erkrankte – Speiseröhrenkrebs war die alles vernichtende, niederschmetternde Todesdiagnose der behandelnden Ärzte. Wie oft wünschte sich Hans-Peter, dass seine Dora, die er mehr liebte als alles andere auf der Welt, das für ihn so sehr verhasste Rauchen endlich aufgeben würde. Doch alle seine Versuche waren umsonst, für Dora war das Rauchen ein Genuss, ein Lebensgefühl, auf das sie nicht verzichten wollte, unter gar keinen Umständen. Das kam für sie überhaupt nicht in Frage. Es war ihr, ganz einfach gesagt, zu wichtig um aufgegeben zu werden. Für Hans-Peter waren Doras Ansichten über das Rauchen schlichtweg unverständlich. «Wie kann denn Rauchen ein Genuss sein? Du nimmst eine stinkige Zigarette in den Mund und der Rauch bahnt sich unaufhaltsam einen Weg durch deinen lieblichen sinnlichen Mund, deinen Hals, deine Lunge und deine Nase. Überall hinterlässt der verdammte Rauch seine Spuren. So etwas kann man doch nicht geniessen, Dora! Das ist unmöglich!»

Doch Dora hielt Hans-Peters Angst um ihre Gesundheit, aber auch den Ekel, den er vor dem Gestank hatte, als masslos übertrieben. Immer und immer wieder versuchte Hans-Peter seiner Frau die Gründe seines Abscheus, seines fast schon abgrundtiefen Hasses auf das Rauchen zu erklären. In vielen, fast schon unzähligen Gesprächen, bat er seine Frau darum, die Sucht zu bekämpfen. Es war mehr als nur ein Bitten, es war ein stetes Flehen, er hätte alles getan als Gegenleistung. Alles, wirklich alles? Nun, alles kann ein Mensch eigentlich gar nicht tun, das geht gar nicht, das war Hans-Peter selbstverständlich auch bewusst. Aber auf alle Fälle hätte er versucht alles zu tun, was ihm möglich gewesen wäre. Doch je mehr er bei Dora flehte, umso trotziger und widerwilliger reagierte sie auf seine unzähligen Versuche. So blieb Hans-Peter am Schluss nichts Anderes übrig, als das Ganze resigniert, zermürbt und hoffnungslos zu akzeptieren. Dora schien es gar nicht zu bemerken, wie Hans-Peter sich von ihr distanzierte, da er sich so sehr vor dem Geruch ekelte, obwohl er sie doch mehr liebte, als alles andere auf der grossen weiten Welt. Für Hans-Peter schien es oft wie ein Teufelskreis zu sein, aus dem er und Dora nicht mehr herausfanden. Wie oft dachte Hans-Peter daran seinem Leben ein Ende zu machen, weil er mit der ganzen Situation überfordert war. Und doch schaffte er es nicht, seine Dora alleine zu lassen.

Nur gerade sieben Monate dauerte es von der Diagnose bis zur Beerdigung. Es waren sieben unendlich lange Monate, die Hans-Peter wie sieben Jahre oder noch länger vorkamen. Unerdenklich waren die Schmerzen, an denen seine Dora in den letzten Wochen litt, ihr Tod war schlussendlich wie eine Erlösung für sie, aber auch für ihn. Die ersten paar Wochen nach Doras Tod waren für den plötzlich einsamen Hans-Peter fast nicht auszuhalten. Zu sehr vermisste er die Frau, mit der er über vierzig Jahre Seite an Seite zusammenlebte und die ihn nun alleine liess. Ein Herz und eine Seele waren sie zwar nicht immer, aber richtigen Streit gab es während dieser Zeit auch keinen, ab und zu die zum Leben gehörenden Differenzen und Meinungsverschiedenheiten. Aber sonst, sonst herrschte eigentlich eine recht harmonische Beziehung, wenn nur das Problem mit dem Rauchen nicht gewesen wäre. Es dauerte einige Monate bis sich Hans-Peter in seinem neuen Leben als Wittwer richtig orientieren konnte und sich wieder zurechtfand.

Und auch wenn die Ärzte keinen direkten Zusammenhang von Doras Rauchgenuss und dem Speiseröhrenkrebs bestätigten, so war und ist für Hans-Peter auch heute noch eindeutig klar, dass seine geliebte Frau vor allem durch das Nikotin krank geworden war. Seit dieser Zeit hatte sich sein Hass auf das Nikotin als Ganzes noch um ein Vielfaches verschärft.

Unvermittelt prasselte der starke Frühjahrsregen auf den Waldweg, aus dem Städtchen Laufenburg herauf waren die Glocken der reformierten sowie der römisch-katholischen Kirche zu vernehmen, aber auch die Glocken der Heilig Geist Kirche ennet des Rheins, aus dem deutschen Laufenburg, waren überaus deutlich zu hören. Seit seiner Geburt lebte Hans-Peter immer in Laufenburg, er konnte sich überhaupt nicht vorstellen, dass er je an einem anderen Ort der Welt hätte leben können. «Einmal Laufenburg, immer Laufenburg, von der Geburt bis zum Tod, von der Wiege bis zur Bahre», pflegte er jeweils voller Überzeugung zu sagen, wenn er daraufhin angesprochen wurde. Er liebte diesen malerischen Ort am Rhein, seine idyllische Altstadt, die alten Türme aus längst vergangenen Zeiten, wie die Menschen die hier lebten. Auch die Geschichte der Stadt hatte es ihm angetan. Die Stadt, die durch die Französische Revolution getrennt wurde, denn, der am 9. Februar 1801 unterzeichnete Friede von Lunéville, teilte Laufenburg in zwei Hälften. Der von der Einwohnerzahl her kleinere rechtsrheinische Teil gelangte zum Grossherzogtum Baden, umfasste aber etwa zwei Drittel des Gemeindebanns. Am 20. Februar 1802 wurde der linksrheinische Teil Laufenburgs Hauptort des gleichnamigen Distrikts im Kanton Fricktal, der sich im August der Helvetischen Republik anschloss, damit war dieser Teil Laufenburgs schweizerisch geworden.

Trotz Wind und Regen waren die Glockenschläge sehr gut hörbar, zehn Uhr abends war es, als Hans-Peter sich mit Flurin dem Waldhaus näherte. «Dort bei der Hütte machen wir eine kleine Pause, Flurin. Das haben wir uns nun wahrlich verdient, meinst du nicht auch? Wir müssen ja bescheuert sein, bei diesem Wetter einen Spaziergang zu machen. Ich werde wohl nur noch älter und dümmer. Oder was meinst du? Du sagst natürlich wieder nichts, so wie immer. Na egal, auf alle Fälle gibt's jetzt erst mal eine Pause. Vielleicht hört der Regen ja doch noch auf.» Der Hund spitzte seine Ohren; *Pause*, dieses Wort kannte und liebte er. Schnellen Schrittes eilten die beiden durchnässten Gestalten dem langsam nahenden Waldhaus entgegen.

Vielleicht noch fünfzig Meter trennte die beiden bis zum schützenden Dach. Aber was war denn jetzt bloss mit Flurin los? Wie angewurzelt blieb der Vierbeiner urplötzlich stehen, sein aufgeregter Blick richtete sich zu einigen alten grossen Tannen hin. Der Schäferhund fletschte die Zähne, er knurrte und liess alsbald ein kräftiges drohendes Bellen ertönen. «Was soll denn das? Flurin, spinnst du denn? Hör auf zu bellen und komm endlich. Ich will mir hier wegen dir nicht den Tod holen. Ich will eigentlich noch ein paar Jahre leben. Hörst du nicht, jetzt komm endlich!» Hans-Peter zerrte mit all seiner vorhandenen Kraft an der ledernen dunkelbraunen Leine, die er seinem Hund erst vor wenigen Tagen gekauft hatte. In einem Schweizer Fachgeschäft natürlich, denn Qualität darf auch etwas kosten, das war Hans-Peters Meinung. Doch wie sehr sein Meister auch zerrte, so liess Flurin sich nicht dazu bewegen, den Weg gemeinsam in Richtung des vor der Nässe schützenden Waldhauses fortzusetzen. «Na gut, du störrischer alter Bock was du bist», sagte sich Hans-Peter und liess sich von seinem Hund zu den mächtigen Tannen führen, die ihm einen beängstigenden Eindruck machten.

Was ist denn das? Ein Schuh? Das kann doch gar nicht sein, ich muss mich irren. Doch Hans-Peters Blick schien ihn nicht getäuscht zu haben. Da lag wirklich ein roter Schuh, ein Stöckelschuh um genau zu sein. «Jaja, ist ja schon gut Flurin, führ dich nicht so auf wie ein wild gewordener bockiger Esel.» Schnell bückte sich nun der Hundehalter und wollte schon den Stöckelschuh ergreifen und an sich nehmen, als sein Blick durch etwas anderes abgelenkt wurde. Das schon nicht mehr ganz junge Herz von Hans-Peter Huber blieb einen Sekundenbruchteil stehen, sein Blick starrte auf etwas Ungeheuerliches, nicht mal im schlimmsten Traum hätte Hans-Peter daran gedacht, dass ihm jemals so etwas passieren würde.

Nur wenige Meter von ihm entfernt lag eine Gestalt, ein Mensch, eine junge Frau, wie er unschwer erkennen konnte. Kurz hielt Hans-Peter in der gebückten Stellung inne, bevor er sich langsam, beinahe schon in Zeitlupentempo, erhob. Flurin bellte wie wild um sich. «Oh Gott, das darf doch nicht wahr sein», entfuhr es Hans-Peter, während er unsicher um sich blickte. Sein Atem begann flach zu rasen. Der nun angsterfüllte Rentner zögerte, sollte er sich der ein paar Meter vor ihm liegenden Frau nähern? Langsam tastete er mit den Schritten den Boden ab und wagte sich an die Frau heran, beinahe schon Zentimeter um Zentimeter. «Hallo, kann ich Ihnen helfen?» *Warum rufe ich überhaupt, die ist doch bestimmt tot.* Und wirklich, jetzt wo sich Hans-Peter in Schrittnähe zur Frau befand, war für ihn klar ersichtlich, dass die Frau nicht mehr leben konnte. Sie lag auf dem Bauch, den Kopf nach unten im Schlamm. Ihre langen roten Haare waren nass und verdreckt, sie bedeckten fast den ganzen Kopf. Den Oberkörper bekleidete eine einst wohl weisse Bluse. Ihre schlanken wohlgeformten Beine zierten schwarze Netzstrümpfe und am rechten Fuss trug sie noch immer den roten Stöckelschuh, der zweite des Paares, von dem Hans-Peter bereits einen kurz davor entdeckt hatte. Was Hans-Peter Huber jedoch als Erstes auffiel und was ihn sehr verwunderte, aber auch schockierte, war die Tatsache, dass der schwarze Minirock und der ebenso schwarze Slip der jungen Frau hinuntergezogen waren und dass sich eine weisse Rose auf dem nackten Hinterteil befand.

Die entsetzten, weit aufgerissenen, Augen des Mannes starrten noch immer auf die weisse Rose, während er mit der einen Hand seinen intensiv schnuppernden Hund hielt und mit der anderen sein Mobiltelefon aus der Jacke klaubte. Erst vor wenigen Wochen hatte er sich erstmals ein sogenanntes Handy gekauft. «Nur für den absoluten Notfall», sagte er sich damals. Ohne zu ahnen, dass dieser Notfall schon so bald eintreffen würde. Die zitternden Hände wählten mühsam die Nummer des Polizeinotrufs: 117

Rund eine Stunde später sass der noch immer verwirrte und etwas zitternde Hans-Peter mit einer grauen wärmenden Wolldecke umschlungen im Waldhaus, das sich nahe vom Tatort befand. Zu seinen Füssen lag ein sichtlich erschöpfter Flurin. Ein gutes Dutzend Polizisten durchkämmte die nähere Umgebung, sie untersuchten den Tatort, sicherten die Spuren, fotografierten die tote Frau. *Wenigstens hat es endlich aufgehört zu regnen, das wurde aber auch Zeit,* dachte sich Hans-Peter, als er durchs Fenster hinaus in die Dunkelheit spähte, damit er erkennen konnte, was draussen denn überhaupt so alles vor sich ging. Genau in diesem Augenblick drückte eine kräftige Hand die eiserne Türklinke des Waldhauses nach unten. Ein Polizist in Uniform trat in das Innere der Hütte, gefolgt von einer Frau in Zivil. «Guten Abend Herr Huber. Mein Name ist Petra Neuhaus, ich bin Kriminalkommissarin und leite die Untersuchung dieses Mordfalls. Sie haben die Tote also gefunden und uns angerufen, nicht wahr?» Mit ihrer ruhigen sinnlichen Stimme richtete sie diese Worte an Hans-Peter. *Was für eine hübsche Frau, die sieht ja fast so aus wie die Christine Neubauer vom Fernsehen, nur etwas jünger.* So dachte er sich noch, bevor er mit einem knappen «Ja», die Frage beantworten konnte.

«Haben Sie ausser dem roten Stöckelschuh sonst noch etwas gefunden oder ist Ihnen irgendetwas besonderes oder merkwürdiges aufgefallen?»

«Nein, tut mir leid, aber ich kann Ihnen in dieser Angelegenheit wohl nicht weiterhelfen.»

«Ihnen ist auf Ihrem Spaziergang durch den Wald auch niemand begegnet?»

«Nein, wirklich nicht. Bei diesem Wetter traut sich wohl niemand raus, wenn er nicht muss. Wenn ich keinen Hund hätte, so wäre ich bestimmt auch im Trockenen geblieben. Das können Sie mir nun wirklich glauben.»

Allerdings, dachte sich Petra Neuhaus. *Wie schön wäre es doch bei diesem furchtbaren Wetter Zuhause im warmen weichen Bett zu liegen. Und am liebsten mit einem tollen Mann der mich verwöhnen würde, bis ich schreie vor Glück, das wäre wundervoll.* «Ich denke mir, dass es am besten ist, wenn ein Kollege Sie und Ihren Hund nach Hause fährt. Wir haben ja Ihre Personalien und werden uns wieder melden, sofern wir Sie noch benötigen.» Die Hand der Polizistin ergriff eine Zigarettenschachtel im Innenteil ihrer Jacke und zog diese gewandt und wie selbstverständlich heraus. Noch während der uniformierte Polizist ihr entgegenkommend die Zigarette anzünden konnte, fragte Hans-Peter: «Rauchen Sie schon lange?»

«Seit meiner Jugend.»

«Und warum?»

«Wie bitte?», die Kommissarin war verwundert über die ihr so direkt gestellte Frage. Verblüfft schaute sie den Bartträger an, der sie mit starrem Blick anvisierte.

«Warum tun Sie das, wenn ich Sie fragen darf?», Hans-Peters Stimme erklang nun wie auf einen Schlag hartnäckig, beinahe schon dominant und eisern.

«Es gefällt mir, es ist wie ein Lebenselixier für mich», antwortete die attraktive Frau mit dem Ansatz eines gewinnenden Lächelns. Gleichzeitig entwich eine kleine Wolke mit Zigarettenrauch aus ihrem Mund. Innert Sekundenbruchteilen schlossen sich ihre vollen sinnlichen Lippen wieder um die Zigarette, damit sie den nächsten Zug inhalieren konnte.

Hans-Peter schloss zunächst kurz die Augen und blickte dann zur Seite. Er schaffte es nicht, der Kommissarin beim Rauchen zuzusehen. Zu sehr wurde er an den Tod seiner innig geliebten Dora erinnert. Doch nach einigen Sekunden und mit den Worten: «Meiner Frau hat es auch gefallen, bis sie an diesem verfluchten Scheissgift gestorben ist», stand Hans-Peter bestimmend auf. Sein Blick richtete sich genau gezielt und gestochen scharf in die graublauen Augen von Petra Neuhaus. Fünf, vielleicht zehn Sekunden standen die beiden da und schauten, nein, sie starrten sich beinahe an. Eine beklemmende Stille umgab die Beiden.

«Entschuldigung, das habe ich nicht gewusst, es tut mir sehr leid. Bitte glauben Sie mir, Herr Huber!» Sichtlich getroffen und nachdenklich drückte die Kommissarin ihre Zigarette im runden gläsernen Aschenbecher aus, der auf einem der kleinen Tische des Waldhauses stand. Währenddessen verwunderte sie sich selbst, weshalb es hier in dieser Lokalität immer noch Aschenbecher gab und das Rauchen damit legalisiert wurde.

Hans-Peter strich mit seiner rechten Hand über seinen Bart. Für ihn jeweils ein Zeichen, dass er sich nicht wohl fühlte. «Nein, mir tut es leid, ich bin zu weit gegangen. Ich habe nicht das Recht über Sie zu urteilen. Das steht mir nicht zu, ich möchte Sie um Verzeihung bitten.»

«Schon gut, ich werde jetzt dafür sorgen, dass Sie sicher und schnell nach Hause kommen.»

«Auf Wiedersehen, Frau Neubauer. Ach, Entschuldigung, Frau Neuhaus, ich bin ganz durcheinander.»

Leise tickte die Uhr auf dem Schreibtisch von Petra Neuhaus. Knapp vor zwei Uhr nachts war es bereits, dies deuteten ihr die schwarzen Zeiger unbarmherzig an, die unaufhörlich und regelmässig ihre Arbeit taten, als würde es kein Ende geben. Während Hans-Peter längst zuhause war und zu schlafen versuchte, ging die Arbeit für die Kriminalkommissarin mit den langen brünetten Haaren erst so richtig los. Hans-Peter Huber hatte Recht, sie hatte wirklich eine starke Ähnlichkeit mit der Filmschauspielerin Christine Neubauer, dies wurde ihr schon mehrmals so gesagt. Sie musste schmunzeln, als sie daran dachte, dass Hans-Peter Huber ihr beim Abschied aus Versehen Frau Neubauer sagte. Das war ihr bislang wirklich noch nie passiert, aber sie fühlte sich darüber auch etwas geschmeichelt.

Vor ihr lagen in einem Halbkreis rund ein Dutzend Fotos von der tot aufgefundenen jungen Frau. Immer wieder nahm sie auch die Halskette der Toten in die Hand, die als Anhänger einen Schutzengel mit dem Buchstaben S zierte. *Ein S*, dachte sich Petra, *ein S für den Vornamen, für Susanne, Svenja, Sonja, Silvia, Sabine, Sandra, Silke, Stella, Sabrina, Slavka, Sarah … Oder ein S für den Vornamen ihres Freundes, für Samuel, Silas, Sven, Sebastian, Simon, Severin, Stefan, Sean, Siegfried, Sulejman, Sigismund … Oder ganz einfach ein S für Schutzengel … Aber vielleicht hat der Buchstabe ja gar keine Bedeutung.*

Nachdenklich betrachtete die Kriminalpolizistin die verschiedenen Fotos, die vor ihr lagen und nach Antworten suchten. *Wer bist du, S?*, fragte sich Petra innerlich aufgewühlt, als sie ein Foto in der rechten Hand hielt, die leicht ins Zittern gekommen war. *Warum hat man dich umgebracht? In was für einer Scheisswelt leben wir eigentlich? Du warst doch noch so jung, du hattest dein ganzes Leben noch vor dir. Warum um alles in der Welt musstest du sterben, warum?*

2 (Juli 2012)

«Irgendwann werde ich weltberühmt sein, du wirst schon sehn. Überall wird man mich kennen, in Namibia, Neuseeland, auf den Färöer-Inseln und vielleicht sogar auf dem Mond. Dann wirst du Gott und das ganze Universum dafür danken, dass du mich kennst. Auf Knien wirst du mich um ein Autogramm bitten, nein, sogar anflehen und dabei winseln wirst du wie ein Hund.» Lachend tauchte Sabrina Eckert ihre zierlichen Füsse in das warme Wasser des Hallwilersees. Die Zehennägel waren mit einem weinroten Nagellack angestrichen, was ihre auch so schon hübschen Füsse noch erotischer und anziehender aussehen liess. Die Sonne schien auf ihre samtweiche, braungebräunte Haut und liess kleine Schweissperlen entstehen, die sanft der Haut entlangschlichen und zu Boden kullerten. Der knappe dunkelblaue Bikini liess erahnen, welch wohlgeformten prallen Brüste sich darunter verbargen. Brüste, die jeden Mann buchstäblich um den Verstand bringen mussten, Brüste, die nicht wenige Frauen neidisch werden liessen.

«Jaja, du wirst sicher mal berühmt, irgendwann, eines Tages. Aber denk daran, dass viele Berühmtheiten erst nach ihrem Tod bekannt geworden sind.» Sabrinas Freundin Jolanda Wyss war, rein körperlich gesehen, das pure Gegenteil von Sabrina. Dick, nein dick war sie eigentlich nicht, aber ein paar Kilo zu viel trug sie schon auf den Rippen ihres jugendlichen Körpers. Mollig, ja mollig, so bezeichnete man sie. Was sie selbst aber wirklich störte, das waren ihre Pickel im Gesicht. Schon eine winzige Gesichtsunreinheit war für ein Mädchen im Alter von Sabrina und Jolanda zu viel, jeder Pickel ein Grund, um sich in den Boden zu verkriechen, unter der Erdoberfläche zu verschwinden und nie mehr auftauchen zu wollen. Jolandas Gesicht jedoch war zeitweise richtiggehend übersät mit diesen widerlichen Pickeln. Dies vor allem während ihrer Periode, wie es in diesen Tagen wieder der Fall war. Ansonsten hatte sie während der Periode nur wenig Schmerzen, im Gegensatz zu vielen anderen jungen Frauen in ihrem Alter. Nein, diese Pickel, die waren manchmal wirklich nicht mehr anzuschauen. Am liebsten hätte sie jeden dieser hässlichen Dinger aus ihrem Gesicht herausgekratzt, oder noch besser mit einem Skalpell herausgeschnitten.

«Hier schau mal», sagte Sabrina plötzlich lachend zu ihrer Freundin. Dabei strahlten ihre weissen Zähne mit dem Glanz des Wassers im See um die Wette und ihre grünen Augen funkelten vor unbändiger Lebensfreude. «Hier werde ich mich melden und du wirst dann schon sehen, wie schnell es geht mit meiner Berühmtheit.» Sabrinas rechte Hand mit den rot geschminkten Fingernägeln, natürlich in der identischen Farbe, mit der sie ihre Zehennägel lackierte, reichte Jolanda eine kleine Zeitungsannonce. «Hast du eine erotische Erscheinung und träumst von einer grossen internationalen Karriere? Melde dich jetzt bei ermodcast.ch und deine allerkühnsten Träume werden wahr! Alter egal – Hauptsache hübsch und attraktiv! In wenigen Schritten vom Casting zur grossen Karriere als Fotomodell. Zögere nicht – wer zögert, der scheitert», so die Zeilen des Inserats aus einer Boulevardzeitung, das Sabrina laut und euphorisch vorlas.

Jolanda runzelte skeptisch ihre Stirn und die Zornesfalten nahmen eine bedrohliche Form an. «Und du glaubst im Ernst daran, dass das eine gute und seriöse Sache ist?»

«Aber natürlich Jolanda, warum denn nicht?»

Jolanda, die von Natur aus eher der vorsichtige schüchterne Typ war, meinte mit Bedacht: «Ich weiss nicht, irgendwie scheint mir diese Sache etwas dubios, geradezu merkwürdig. Das tönt ja fast wie ein Casting für einen Pornofilm. Meinst du nicht auch, Sabrina? Hast du dich schon erkundigt wer überhaupt hinter dieser Firma ermodcast.ch steckt?»

«Aber sicher, Schätzchen, ich habe im Internet recherchiert oder gegoogelt wie man heutzutage so schön sagt.» Sabrina setzte ihr charmantes gewinnbringendes Lächeln auf, das jedes Herz regelrecht zum Schmelzen brachte. «Sei doch nicht immer so pessimistisch und skeptisch, sonst verpasst du noch das eigene Leben.»

«Jaja, wenn du meinst. Und was hat es denn nun mit ermodcast. ch auf sich?»

«Das ist alles in Ordnung, glaube mir. Der Chef des Unternehmens ist ein gewisser Pedro Alvare, das soll ein echt geiler Typ sein.»

«Pedro Alvare, oh Gott, das ist aber bestimmt kein Schweizer.

Das ist ein Name wie aus einem Mafiafilm. Pass bloss auf dich auf, meine liebste Sabrina.»

«Aber sicher, mach dir nur keine Sorgen. Du kennst mich doch.»

«Ja, ich kenne dich und leider bist du trotz deiner hoffnungsvollen grünen Augen oft ein bisschen blauäugig. Soll ich dich nicht lieber zu diesem ermodcast-Castingtermin begleiten?»

«Aber nein Jolanda, das ist doch überhaupt nicht nötig! Hab keine Angst, du wirst dich noch sehr wundern über mich. Mach dir keine unnötigen Sorgen um mich, ich kann selbst auf mich aufpassen. Ich mach noch ganz grosse Schlagzeilen, du wirst schon sehen, Jolanda! Ach was, ich werde selbst zu einer Schlagzeile!»

3 (16. August 2012)

«Stampflistrasse 41, ja, hier bin ich richtig.» Sabrina stand vor dem fünfstöckigen, bereits etwas älteren Geschäftshaus inmitten der Altstadt von Zug. Offensichtlich hatte das Haus auch schon bessere Zeiten gesehen. Die Fassade hätte jedenfalls dringend einen neuen Anstrich nötig gehabt, und dies nicht erst seit gestern. *Ach, egal,* dachte sich Sabrina, als sie an dem Haus emporblickte, *die Fassade ist nicht so wichtig, wichtig ist der Inhalt. Bei Männern ist das doch auch so, das Aussehen ist nicht so wichtig, sondern das, was sich darunter verbirgt.* Frohen Mutes schritt die junge Frau selbstbewusst zur gläsernen Eingangstüre. Dabei schaute sie noch kurz kontrollierend auf ihre Armbanduhr. Das heisst, eigentlich war es ja nicht ihre Uhr, die sie heute an ihrem linken Arm trug, sondern diejenige ihrer Cousine Tatjana Buchser. Diese sah etwas wertvoller aus als ihre eigene billige Uhr, die sie voriges Jahr für 9 Franken 50 auf dem Fricker Fasnachtsmarkt erworben hatte. Schliesslich wollte sie heute ja einen guten positiven Eindruck hinterlassen, deshalb fragte sie Tatjana, ob sie deren Armbanduhr ausleihen dürfe. Natürlich zeigte sich ihre Cousine dazu sehr gerne bereit. «Wozu sind denn Freunde da?», meinte Tatjana und wünschte ihr alles Glück der Welt für ihr allererstes Casting in ihrem Leben.

Tatjana war die Tochter von Sabrinas Tante Christine, der um drei Jahre älteren Schwester ihrer Mutter. Tatjana lebte noch bei ihren Eltern in Laufenburg, dies obwohl sie doch schon 23 Jahre alt war. Eigentlich wäre Tatjana ja schon lange gerne ausgezogen, aber da sie sich noch immer im Studium in Basel befand, war dies aus finanziellen Gründen derzeit nicht möglich. Sabrina und Tatjana verband seit ihrer Kindheit eine enge Beziehung, deshalb verbrachten sie auch immer viel Zeit zusammen. Wenngleich dies oftmals nicht ganz einfach war, da Sabrina am Hallwilersee wohnte und Tatjana in Laufenburg.

15.50 Uhr – in zehn Minuten hatte sie ihren Termin. 15 Namensschilder mit Türklingeln zählte sie, drei Reihen mit jeweils fünf Schildern. In der dritten Reihe zuunterst stand «ermodcast.ch – dritter Stock – klingeln und eintreten». Sabrinas Herz begann innert Sekundenbruchteilen schneller zu schlagen, ihr Puls fing förmlich an zu rasen. Auf dem Weg von ihrem Zuhause bis hierhin war sie noch ziemlich ruhig, doch jetzt machten sich ihre Nerven doch noch bemerkbar, dies ganz ohne Voranmeldung. «Ruhig, verdammt Sabrina, bleib jetzt bloss ruhig, sonst vermasselst du noch alles mit deiner blödsinnigen Nervosität», ärgerte sie sich selbst. In diesen Sekunden und Minuten bereute sie es, das Angebot ihrer Freundin Jolanda nicht angenommen zu haben, die sie gerne an das Casting begleitet hätte. Mit der rechten Hand kramte sie in ihrer knallroten Handtasche um ihren Taschenspiegel zu suchen. *Wo ist denn dieses verdammte Mistding schon wieder? Warum finde ich in meiner Handtasche nie das was ich suche?* Endlich fand sie den gesuchten Gegenstand und so konnte sie noch den unabdingbaren letzten Kontrollblick in den kleinen Spiegel werfen. Ihr langes rotes Haar fiel wallend auf ihre Schultern. Schnell zog sie noch die Lippen mit ihrem Lippenstift nach, besprühte sich mit dem Parfüm Marke «Bulgari Omnia Green Jade». Vor kurzem las Sabrina in einer deutschen Illustrierten, als sie beim Zahnarzt im Wartezimmer sass, dass dieser Duft sehr verführerisch sei. *Das wollen wir doch jetzt mal ausprobieren*, dachte sie sich und drückte mutig auf den Klingelknopf. Nur wenige Sekunden später vernahm sie einen Summton und sie konnte die Eingangstüre aufstossen und mit dem Lift in den dritten Stock hinauffahren.

Der Lift machte auf das angehende Modell einen mehr als verlotterten Eindruck. *Oh Gott, lass mich bloss nicht steckenbleiben mit diesem alten Mistding.* Doch die Ängste waren unnötig, die Lifttüre öffnete sich mit einem leisen summenden Ton und Sabrina Eckert trat schnell in den Flur hinaus, in dem nur ein gedämpftes Licht brannte. Neugierig und wachsam spähte sie die nicht sehr einladende Diele entlang. *Wo bin ich denn hier bloss hingeraten?* Zuvorderst brannte neben der Türe ein hellblaues Neonlicht. Wie magisch davon angezogen schritt sie diesem Licht entgegen und wirklich, ihr Spürsinn liess sie nicht im Stich. Als sie bei der Türe angelangt war, las sie darauf «ermodcast.ch – tritt ein und mach dein Glück». Noch einmal griff sie nach ihrem Taschenspiegel in ihrer Handtasche, in der sich unter anderem auch ein Taschenmesser und ein Pfefferspray befanden. «Man kann ja schliesslich nie wissen», sagte sie sich immer wieder, «es gibt so viel Schlechtigkeit auf der Welt, da will ich gewappnet sein.» Ein allerletzter Blick in ihren Spiegel ermunterte sie und so trat sie mit grossen Erwartungen am Donnerstag, den 16. August 2012 um 15.56 Uhr in die, wie man so treffend sagt, heiligen Geschäftsräume von «ermodcast.ch» ein.

Einen Empfang oder ein Sekretariat gab es hier ganz offenbar nicht, was Sabrina doch mit einiger Verwunderung feststellen musste. Als erstes konnte sie einen Vorraum mit Türen zu vier, nein zu fünf Räumen erkennen. *Und was nun, was soll ich tun?* Doch länger konnte sich die etwas angespannte Sabrina keine Gedanken über ihre Situation machen. Mit einem breiten, aufgesetzten, nicht ganz echt wirkenden Lächeln trat eine junge Frau, wohl etwas älter als Sabrina, aus der zweiten Türe rechts und eilte Sabrina wild gestikulierend entgegen.

«Hallo, du musst die Sabrina sein, ich bin die Nicole», sagte sie und während sie sprach, war ein kleines glitzerndes Piercing auf einem Zahn des Oberkiefers sichtbar. Nicole hatte schulterlange blonde Haare, sie trug ein knappes Rosa-T-Shirt mit dem Aufdruck «Sorry Leute, aber ich bin so geil». Die Jeans, die sie trug waren dermassen eng geschnitten, dass sich Sabrina fragte, ob Nicole sich nicht bei jedem Schritt wehtun würde. High Heels mit Absätzen von schätzungsweise zwölf bis vierzehn Zentimetern rundeten das durchaus ansehnliche Outfit von Nicole Schmidlin ab. «Schön, dass du hier bist, möchtest du einen Kaffee, ein Glas Wasser oder sonst irgendeine Erfrischung?»

«Nein, danke.» *Bloss nichts trinken,* dachte sich Sabrina, *sonst muss ich während des Castings noch aufs Klo. Das wäre bestimmt ziemlich peinlich. Das darf mir nun echt nicht passieren. Ich habe ja eh eine schwache Blase, da darf ich kein Risiko eingehen.* «Okay Mädchen, dann komm doch mal mit.» Sabrina folgte Nicole in den Raum, aus dem die blonde junge Frau ihr eben erst entgegentrat. Der Raum war etwa vier auf vier Meter gross. Auf der gegenüberliegenden Seite der Eingangstüre befand sich ein Fenster, das jedoch mit einem dicken grünen Vorhang abgedeckt war, der praktisch null Prozent Helligkeit in den Raum liess. An der gleichen Wand waren Fotos und Poster in allen Grössen zu sehen, auf denen junge, meist leicht bekleidete Frauen zu betrachten waren.

«Haben Sie in Ihrer Agentur denn gar keine männlichen Models unter Vertrag?» Sabrinas Frage an Nicole blieb unbeantwortet, stattdessen sagte sie nur lächelnd: «Setz dich bitte», und zeigte auf ein kleines graues Sofa aus Leder.

«Danke.» Sabrina setzte sich und musterte den Salontisch, der vor dem Sofa stand. Darauf befanden sich Zeitschriften, Zeitungen, Schreibwaren und eine Dose mit Pralinen. Die neugierigen Augen Sabrinas wanderten weiter durch den ihr neuen, bisher unbekannten, Raum. *Den Raum aufnehmen, wahrnehmen und sich mit ihm vertraut machen. Das hat doch die Theaterpädagogin immer wieder gesagt, die an unserer Schule das Freifach Theater geleitet hat. Genau das mache ich jetzt, ich muss mich hier wohlfühlen, bevor das Casting beginnt.* An den beiden Wänden links und rechts standen Regale, auf denen sich Videos, Bücher, Ordner und desgleichen aneinanderreihten. Ihr Blick ruhte nun auf dem Schreibtisch, der in ihren Augen ein furchtbares Chaos offenbarte. Verwundert zeigte sie sich jedoch vor allem an einem Strauss weisser Rosen, die sich in einer schwarzen Vase auf dem Schreibtisch befanden. Irgendwie schien es ihr, als ob gerade der Blumenstrauss so gar nicht in diesen Raum hineinpassen würde.

«So, Sabrina Darling, unser Fotograf kommt in einigen Minuten, um die Fotos zu schiessen. Inzwischen kannst du schon mal dieses Personaldatenblatt hier ausfüllen.» Nicole reichte Sabrina ein A4-Blatt. «Bitte die Rückseite nicht vergessen, ja? Das kommt immer wieder mal vor. Ich komme gleich wieder. Und iss doch ein paar Pralinen, Schokolade beruhigt die Nerven, Schätzchen.»

«Ich bin doch gar nicht nervös.»

«Das sagen sie alle.» Mit diesen Worten eilte Nicole auch schon auf ihren High Heels arschwippend durch die Türe aus dem Raum hinaus.

Die hat ja nen richtigen Knackarsch, dachte sich Sabrina. Mit diesem Gedanken stand sie auf und strich mit ihren Händen über ihren eigenen Po, um ihn zu betasten und zu begutachten, ob er denn auch so knackig wie derjenige von Nicole sei. «Ein Arsch wie ein Lebkuchenherz, so richtig zum reinbeissen», sagte mal ein Jugendfreund von ihr. *Ich finde, das ist immer noch so – ganz ohne Zweifel.* Zufrieden mit ihrem Hinterteil setzte sie sich wieder auf das Ledersofa, das wohl auch nicht mehr das Neueste war. Mit einem schwarzen Kugelschreiber, den sie nach einigem Suchen auf dem Tisch unter all den Zeitschriften fand, begann sie das Formular auszufüllen. Das heisst, zunächst ass sie wirklich eine Praline, eine mit Marzipan. Schokolade mit Marzipan, da konnte sie ganz einfach nicht widerstehen. Genüsslich liess sie die Praline in ihrem Mund zergehen. Die meisten der Fragen waren so ziemlich banal oder belanglos, weshalb sie auch schneller vorankam, als sie zunächst angenommen hatte. *Was die alles von mir wissen wollen, das gibt's doch nicht, das ist doch alles völlig idiotisches Zeug.* Gerade als Sabrina bei der letzten Frage angelangt war, öffnete sich die Türe und Nicole kam mit einem Mann herein, der Sabrina auf Anhieb unsympathisch war. Kudi Roggenmoser war etwa 50 Jahre alt, hatte lange lockige Haare, die ihm bis über die Schultern reichten und Sabrina ziemlich fettig erschienen. Sein knochig markantes Gesicht mit grauen Augen war mit einem etwa Zehntagebart bedeckt. Was Sabrina jedoch ganz besonders störte, war der unangenehme Geruch, der von diesem Kudi ausging. Ein Duft von stinkigem Schweiss, den der Fotograf offensichtlich versuchte, mit einem süsslichen Parfüm zu überdecken. Sabrina atmete tief durch, schluckte zweimal leer. Nicole jedoch lächelte ihr wohl süssestes und herzlichstes Lächeln: «Darf ich dir unseren Fotografen, Kudi Roggenmoser, vorstellen? Er ist ein wahrer Meister seines Faches, wie du schon bald selbst feststellen wirst.»

«Freut mich», mehr vermochte Sabrina wirklich nicht auf Nicoles Worte zu antworten. Sie musste aufpassen, dass ihr beim Anblick von Kudi nicht übel wurde, dermassen abstossend wirkte er auf sie.

«Hey du», sagte Kudi bloss und stellte sich kurz ans Fenster. Er zog den Vorhang beiseite und spähte hinaus. Wenige Sekunden schaute er aus dem Fenster, dabei rülpste er dreimal laut auf und zog dann den grünen dunklen Vorhang wieder zu. Dann drehte er sich mit einer schnellen Drehung um und ging zielstrebig auf Sabrina zu. Mit Adlerblicken schaute er sie an. Wie zwei scharfe Dolche bohrten sich seine Augen in den Körper von Sabrina. Keinen Zentimeter schien er bei seiner Begutachtung auszulassen. Sabrina fühlte sich so, als würde eine schmierige Hand ihrem Körper entlanggleiten, besonders lange hielt sich die Hand an ihren Brüsten und zwischen ihren Beinen auf. «Zuerst etwas Vitamine», meinte der Fotograf nun und griff in seine rechte Hosentasche. Von dort holte er ein Pillenröhrchen hervor und griff darauf in seine linke Westentasche. Daraus nahm er einen Flachmann und schnell schluckte er etwa fünf Tabletten, so meinte es Sabrina zumindest gesehen zu haben. «Willst du auch? Das macht dich so richtig schön locker und frei.» Kudi streckte Sabrina schelmisch lächelnd das Pillenröhrchen entgegen.

«Nein, danke.»

«Ach, sei doch nicht so zurückhaltend, nur ein paar. Es wird dir schon nicht schaden.»

«Nein, wirklich nicht.», sagte sie mit Bestimmtheit.

«Wie du willst. Also komm schon Baby, zeig mir was du draufhast.» Kudi ergriff seinen Fotoapparat und begann wie in Ekstase zu knipsen, während Nicole dem angehenden Fotomodell Anweisungen gab, wie sie sich zu verhalten hatte. Sabrina stellte sich zunächst etwas unbeholfen, beinahe schon hölzern an, doch Nicole sagte dann: «Sei einfach du selbst. Stell dir vor, du bist so richtig megascharf auf Kudi und du willst ihn ficken. Mach ihn an! Heiss soll es ihm in seiner Hose werden! Sein Ding soll anschwellen zu einem Giganten!»

Bei dem Gedanken mit Kudi intim zu werden, hätte sich Sabrina am liebsten erbrochen, doch sie versuchte sich einfach einen anderen

Mann vorzustellen. Und siehe da, je länger das Fotoshooting dauerte, umso selbstbewusster präsentierte sie sich dem Fotografen.

Im Nebenraum sass Pedro Alvare vor einem Bildschirm und schaute sich die Szene mit wachsendem Interesse an. Alvare war ein gebürtiger Uruguayer, doch er lebte nun schon seit rund fünfundzwanzig Jahren in der Schweiz. Seine Arme und sein nackter Oberkörper offenbarten viele Tätowierungen und seine langen Haare waren zu einem Pferdeschwanz zusammengebunden. *Ohja,* dachte er sich, *das ist eine scharfe Braut,* und seine Hände glitten langsam zwischen die eigenen Beine. Langsam knöpfte er sich den Knopf seiner Jeans auf und zog den Reissverschluss hinunter. Er spreizte die Beine und seine Hände spielten mit seiner vor Geilheit strotzenden Mannespracht.

«Okay Baby, das wird schon was», sagte Kudi Roggenmoser. «Fahr mit deinen Händen durchs Haar, so ist es gut, ja … Knöpf deine Bluse auf, ja das ist toll … Dreh dich um, zeig mir deinen geilen Arsch … Törn mich an du kleines Luder … Und jetzt zieh den BH aus und zeig mir deine scharfen Titten.»

Von Minute zu Minute wurde Sabrina hemmungsloser, beinahe schon in Ekstase folgte sie den Worten des Fotografen, die wie von weit her zu ihr ins Ohr schwebten wie eine sanfte, wogende, immer wieder kommende Welle des Ozeans.

Aus dem Nebenraum war derweil ein leises wohliges stöhnen von Pedro Alvare zu hören. Es war das stöhnen eines Mannes, der sich mit Wollust seinem sexuellen Höhepunkt näherte. Das stöhnen wurde immer lauter, bis sich Pedro schliesslich entladen konnte.

4 (Dienstag, 23. April 2013)

Penetrant, aggressiv und unaufhörlich klingelte um 06.30 Uhr der dunkelblaue Funkwecker. Mit ihrer rechten Hand stellte Petra Neuhaus den störenden überlauten Ton ab. «Mistding!» Ihre Hände fassten als nächstes an ihre Stirn, schon wieder Kopfschmerzen, diese verdammten pochenden Kopfschmerzen, täglich, stündlich, immer und immer wieder. Schon als junges Mädchen litt sie darunter, jetzt mit beinahe vierzig Jahren waren die Schmerzen längst zur chronischen Plage geworden. Seit über zwanzig Jahren war sie deswegen immer wieder in ärztlicher Behandlung. Was sie schon alles versucht hatte: Akupunktur, Fussreflexzonenmassage, Biofeedback, Hypnosetherapie, Progressive Relaxation, Autogene Entspannung, Medikamentenentzug, Raucherentwöhnung, HNC (human neuro cybrainetics), Osteopathie, Ernährungsberatung, Magnesium und Vitamin B Kur, Lach-Yoga, Baunscheidt-Therapie … Die Liste der unzähligen Versuche ihre Kopfschmerzen zu besiegen, schien ihr unendlich lange zu sein. Chronische Spannungskopfschmerzen hat ihr Neurologe Dr. Emanuel Wohlers diagnostiziert, dazu ist in den letzten Jahren noch eine chronische Migräne hinzugekommen. Langsam bewegte sie ihren Kopf auf dem Kopfkissen hin und her, *irgendwann bringt mich mein Kopf noch um! Die weisse Rose auf dem nackten Po –* ihre Gedanken wanderten zur jungen toten Frau, die letzte Nacht aufgefunden wurde. Nach nur knapp zwei Stunden Schlaf holte sie der Alltag bereits wieder ein, unbarmherzig und gnadenlos. Sie schlug ihre von der Müdigkeit gereizten Augen auf, das Licht empfand sie als störend und doch wusste sie, dass sie aufstehen musste, da gab es kein Zurück. Noch etwas unbeweglich kroch sie aus ihrem, für eine Person eigentlich viel zu grossen Bett. Sie trug nur einen eng geschnittenen schwarzen Slip und ein T-Shirt. Beides zog sie aus und warf es wütend auf das Bett, das sie beinahe verfehlte, «Scheissmorgen», sagte sie sich. Mit noch ziemlich schweren Beinen ging sie schleppend ins Bad. *Ich bin viel zu müde um aufzustehen, oh, einmal einen ganzen Tag im Bett bleiben. Erst mal duschen, einen starken Kaffee trinken und ein paar Schmerztabletten runterschlucken. Dann wird die Welt gleich wieder viel besser aussehen.* Zwei Minuten nach acht Uhr schritt die Kriminalkommissarin die Stufen hinauf in ihr Büro in Aarau. Sie hatte bereits zwei verschiedene Schmerzmittel und ein Antidepressivum geschluckt. Wie die chronischen Kopfschmerzen waren auch die Depressionen zu einem festen Bestandteil ihres täglichen Lebens geworden. Doch davon wussten ihre Kollegen und Kolleginnen nichts. Sie konnte es sich nicht erlauben, Schwäche zu zeigen. Eine Frau in ihrer Position musste stets stark und unverletzlich erscheinen, wie ein Fels in der wilden tobenden Brandung eines reissenden Wasserfalls. Dabei war sie doch gar nicht so widerstandsfähig und stabil beschaffen, wie sie in der Öffentlichkeit stets den Anschein machte. Eigentlich sehnte sie sich sehr danach, einen Mann an ihrer Seite zu haben, dem sie alle ihre Schwächen zeigen durfte. Doch Männer sahen in ihr immer nur die unantastbare, starke Emanze, was sie doch gar nicht war, nicht mehr, nicht mehr sein wollte. Seit Jahren hatte sie keine dauerhafte Beziehung mehr. Seit damals, seit Ulrich Zumsteg sie verliess, das war nun schon acht Jahre her. In diesen acht Jahren gab es immer wieder Partner an ihrer Seite, doch irgendwie schien sie einfach immer etwas Pech in ihren Beziehungen zu haben. Oder war es ganz einfach so, dass sie sich von einer Partnerschaft zu viel erhoffte? Die perfekte Beziehung, die in den Medien oft idealisiert wird, die gab es für sie ganz einfach nicht. Zweimal hatte sie sogar schon erotische Dates mit Frauen gehabt, einmal da war es richtig toll. Ja, Maria-Dolores hatte es ihr damals vollkommen angetan, aber eine dauerhafte Partnerschaft mit einer Frau, nein, das konnte sie sich denn doch nicht vorstellen. Somit blieb es bei einer einmaligen Affäre mit der temperamentvollen Italo-Argentinierin. Petra bezeichnete sich selbst weder als lesbisch noch bisexuell, sondern einfach offen für alles.

«Gibt's was Neues?», fragte sie ihren Kollegen Erwin Leubin, der ihr im Mordfall *Weisse Rose* zur Seite stand. Erwin Leubin war vor ein paar Wochen erstmals Vater geworden. Seine Tochter Melanie schaffte es noch nicht, die ganze Nacht durchzuschlafen, darunter litt natürlich auch der Schlaf von Erwin. Dementsprechend müde und erschöpft blickte er seiner Arbeitskollegin an diesem Morgen entgegen.

«Die Ergebnisse der Obduktion sind vor ein paar Minuten eingetroffen», sagte Erwin und reichte der Kommissarin gähnend ein Dokument über den Tisch. Während sie die Zeilen las, setzte sie sich auf ihren schwarzen Bürostuhl. «Vergiftet?», sie sah ihren Kollegen verwundert und fragend an. «Damit habe ich nun wirklich nicht gerechnet.»

«Der Pathologe Josef Heidenreich sieht nicht den geringsten Zweifel. Und du weisst, Heidenreich ist eine Koryphäe, er ist schon gefühlte 50 Jahre bei uns tätig. Das Opfer ist am Nervengift Atropin, das aus der Tollkirsche gewonnen wird, gestorben. Als Todeszeitpunkt wird die Zeit zwischen 15 und 18 Uhr gestern Abend angegeben.»

«Spuren von Gewaltanwendungen oder Anzeichen einer Vergewaltigung?»

«Nein, überhaupt nichts. Nur ein paar Schürfungen, die aber wohl von ihrem Transport in den Wald herrühren.»

«Hmhm …» Petra musste nachdenken, es passte einfach nicht

zusammen. «Aber warum um alles in der Welt wird die Frau vergiftet und dann, als sie tot war, in den Wald geschafft? Das macht doch keinen Sinn. Was soll denn das? Hast du darauf vielleicht eine Antwort?»

Erwin Leubin zog seine Augenbrauen hoch. Auch für ihn war diese Vorgehensweise des Mörders nicht nachvollziehbar. *Kann ein Mord denn überhaupt nachvollziehbar sein?* «Ach, was weiss ich, vielleicht haben wir es hier mit einem Psychopathen zu tun. Vielleicht wollte der Mörder auch nur ein Zeichen setzen.»

«Ein Zeichen?»

«Tja, wer kann denn schon ins Gehirn eines Mörders oder einer Mörderin schauen?»

«War das eine Frage oder eine Feststellung?»

«Hm, ich würde sagen, eine feststellende Frage, oder doch eher eine fragende Feststellung?»

«Werde jetzt bloss nicht philosophisch, Erwin. Und sonst?» Petra blickte ihren Kollegen forschend an. Sie wollte, sie musste mehr erfahren.

«Nun, der starke Regen macht die Spurensuche nicht ganz einfach, das kannst du dir ja wohl selbst vorstellen. Wir können aber davon ausgehen, dass die Frau mit einem Auto bis zu dem Waldhaus geschafft wurde. Trotz des Regens konnten wir deutliche Reifenspuren erkennen. Ebenso gibt es Fussspuren, die vom Waldhaus zum Fundort der Leiche führen. Beim Weg zum Fundort sind diese tiefer als beim Weg zurück zum Waldhaus. Daher scheint es als sicher, dass die Leiche bis zum Fundort getragen wurde.»

«Verfluchte Scheisse!» Mit einem schnellen Ruck stand Kommissarin Petra Neuhaus auf.

«Was?»

«Es entbehrt jeder Logik, verstehst du? Es muss einen Grund geben, warum die Frau in den Wald gebracht wurde.»

«Ja schon, aber was für einen?»

Petras Schritte führten sie ans Fenster, das sie öffnete. Sie kniff ihre Augen zusammen und schaute hinaus, sie atmete frische Frühlingsluft ein. Endlich schien wieder mal die Sonne und es war angenehm warm. «Die weisse Rose, es dreht sich alles um die weisse Rose. Der Wald muss im Zusammenhang mit der weissen Rose stehen. Dann macht es einen Sinn, weshalb die Tote dorthin gebracht worden ist. Ich bin der Meinung, dass nichts ohne Grund geschieht.»

«Ja, das ist mir bekannt, Petra.» Erwin kannte seine Arbeitspartnerin gut genug, um dies zu wissen. Manchmal kamen sich die beiden wie ein altes Ehepaar vor, was nach so langer intensiver Zusammenarbeit auch nicht weiter zu verwundern war.

«Über die Identität der Frau ist noch nichts bekannt?»

«Nein, sie trug nichts auf sich, das uns irgendeinen Anhaltspunkt geben könnte. Keinen Schmuck, keine Ausweise, keine Handtasche, rein gar nichts.»

«Das stimmt nicht ganz. Du vergisst die Halskette mit dem Schutzengel, auf dem der Buchstabe S steht, Erwin.»

«Ja, das ist richtig, der Täter hat dies wohl übersehen. Das ist aber auch wirklich alles was wir haben. Nur eine Kleinigkeit, aber vielleicht hilft uns die Kette wirklich noch weiter.»

«Und wie steht es mit den DNA-Spuren? Der Täter muss doch irgendwelche Spuren hinterlassen haben.»

«Die Spurensicherung hat nichts gefunden. Der oder die Täter müssen wohl Handschuhe getragen haben, und sind auch sonst überaus vorsichtig ans Werk gegangen.» Erwin trat ans Fenster nahe an Petra heran. «Glaubst du, dass es sich bei ihr um eine Prostituierte handelt?»

Petra wandte sich um und ging wieder zu ihrem Schreibtisch zurück, auf dem sich noch immer die Fotos der Toten befanden. Sie setzte sich und betrachtete die Bilder. «Nein, das glaube ich nicht. Ich glaube aber auch nicht, dass es sich um eine Beziehungsgeschichte handelt. Wenn wirklich keine DNA-Spuren zu finden sind, dann muss es sich um einen gezielt geplanten Mord handeln.»

«Davon müssen wir wohl ausgehen.»

«Wo könnte sie vor ihrem Tod gewesen sein? Ich meine, ihre ganze Aufmachung mit den High Heels, dem Minirock und der weissen, fast schon durchsichtigen Bluse, muss doch einen Grund haben.»

«Ich denke mir, dass sie wohl auf einer Party gewesen ist.»

«So Erwin, das denkst du, das ist ja wirklich wahnsinnig hilfreich. Gibt es denn keine Vermisstenanzeige?»

«Nein, bisher nicht.»

«Es kann doch nicht sein, dass sie von niemanden vermisst wird.» Sie verschränkte die Arme hinter ihrem Kopf, streckte sich und schloss die Augen. Sie versuchte nachzudenken, aber sie fühlte sich leer, so unendlich leer. Ihre Gedanken bahnten sich einen eigenen Weg durch ihren Kopf. Manchmal hasste sie ihren Job und sie fühlte sich so hilflos, beinahe schon ohnmächtig gegenüber all den Verbrechen, die da begangen werden. Dabei hatte sie es ja gar nicht so oft mit solchen schweren Gewaltverbrechen zu tun. So voller Mörder ist die Welt nämlich gar nicht, wie man dies aufgrund der vielen Kriminalfilme und -romane eigentlich annehmen könnte.

«Geht es dir gut?» Erwin schien sich um seine Kollegin echte Sorgen zu machen. Seit sieben Jahren arbeiteten die beiden nun schon zusammen und sie waren nicht nur Arbeitskollegen. Nein, sie waren inzwischen richtig gute Freunde geworden.

«Aber natürlich geht es mir gut, sehr gut sogar. Denn schliesslich darf ich einen Mord an einer bildhübschen jungen Frau aufklären, die noch ihr ganzes Leben vor sich hatte. Wahrscheinlich wieder einer der unzähligen, vollkommen überflüssigen Morde.»

«Höre ich da einen kleinen ironischen Unterton? Und eigentlich ist es doch so, dass jeder Mord überflüssig ist, nicht wahr?»

«Es gibt Morde, die sind noch überflüssiger als andere.» Petra Neuhaus öffnete ihre Augen, die sie so schmerzten. «Bringst du mir bitte einen Kaffee, Erwin?»

«Klar, bin schon unterwegs», bereits hielt Erwin den Türgriff in der Hand und wollte Petras Büro verlassen.

«Wie steht es mit einer Pressekonferenz? Wir müssen doch die Medien informieren.»

«Die Staatsanwaltschaft hat bereits einen Termin festgelegt, heute um 16.30 Uhr.»

«Ach? Und warum sagst du mir das erst jetzt? Was soll denn das? Du musst mich doch über solche Sachen informieren!» Petra wirkte verbittert und wütend. Erwin verliess kopfnickend mit einem leisen «Sorry» das Büro, während Petra wieder die Augen schloss und an etwas längst Vergangenes dachte. Etwas, das sie schon lange aus ihrem Gedächtnis versuchte zu löschen, was ihr aber nicht gelang, nie gelingen würde.

Petra musste so etwa sechzehn, siebzehn Jahre alt gewesen sein. Sie lebte zusammen mit ihrer Schwester Anita und ihren Eltern in Baden. Ihr Vater Josef war ein leitender Angestellter in der damaligen BBC. Es war gerade zu jener Zeit als die BBC mit der schwedischen ASEA fusionierte, daraus resultierte dann der neue ABB-Konzern. Petras Mutter Therese arbeitete als Sekundarlehrerin in Wettingen. Petra stammte also aus einem sogenannt guten, beinahe schon perfekten Elternhaus. Doch wie es halt oft so ist, mussten Anita und Petra auch Entbehrungen in Kauf nehmen, denn ihre Eltern hatten nicht so viel Zeit für sie, wie sich dies die Kinder von ihnen wünschten. Eventuell war es aber auch so, dass die Eltern Zeit gehabt hätten, wenn sie denn nur wollten. So zumindest kam es Petra leider oft vor.

Anita war drei Jahre älter als Petra und studierte in Bern an der Uni Biochemie und Molekularbiologie. Während der Woche wohnte

Anita mit drei Studienkolleginnen in einer WG an der Gerichtsgasse in Bern. Lediglich die Wochenenden verbrachte sie in Baden. Zunächst fiel Petra die Veränderung von Anita gar nicht auf. Doch irgendwann schien es ihr, dass Anita immer nervöser und unkonzentrierter wurde, sich immer mehr auf Freundschaften auch mit dubiosen Gestalten einliess. Eines Tages dann, als sie zusammen im Hallenbad waren, sah sie mit Erschrecken die Einstiche an ihrem Bauch.

«Hey Anita, was hast du denn da?», fragte sie entsetzt.

«Ach, das ist nichts, das ist bloss so ein komischer Hautausschlag, kommt wohl von einer Allergie. Das geht schon wieder vorbei.»

Petra fasste Anitas Hand: «Spritzt du dir etwa Drogen?»

«Lass mich doch in Ruhe», erwiderte Anita resolut. Sie riss sich von Petra los, setzte sich abrupt auf und sprang ins erfrischende Wasser, das hoch aufspritzte und wie ein Gewitterregen wieder hinunter prasselte. Petra sah ihr zu, wie sie wütend und kraftvoll einige Längen schwamm. Ausser Atem kletterte sie aus dem Schwimmbecken, liess sich neben Petra auf ihr Badetuch fallen, die zu ihr sagte: «Mach bloss keinen Scheiss, Anita!»

Anita wusste nun, dass Petra bemerkt hatte, dass sie sich Drogen spritzte, nämlich Heroin. Die ersten Versuche mit Heroin machte sie an der Silvesterparty vor etwa fünf Monaten. Sie sass mit ihren WG-Kolleginnen am Tisch, als dieser Pedro auftauchte. Pedro Alvare hiess der Uruguayer, den eine ihrer Kolleginnen, Jeanette Hugenschmidt, kannte. Anita konnte sich später noch gut an ihn erinnern. Seine Arme waren stark tätowiert, seine Haare hatte er zu einem Pferdeschwanz zusammengebunden, seine Augen blickten geheimnisvoll in die Welt hinaus. Ihr schien, als wäre er aus einer anderen Welt zu ihnen gekommen. Nach einigen Caipirinhas sagte er dann: «Kommt Mädels, ich hab' da was für euch, das macht euch so richtig schön happy, wollt ihr das ausprobieren? Wollen wir zusammen eine Reise ins unendliche und vollkommene Glück unternehmen?» Bevor sie richtig denken konnten, waren die vier jungen Frauen mit Pedro auch schon in einem Hinterhof angelangt. Als sich Anita am nächsten Tag versuchte zu erinnern, schien es ihr schwer die Zusammenhänge klar zu deuten. Es fiel ihr wieder ein, dass Pedro sagte: «Lasst uns ein Spiel machen. Wer verliert, der bekommt von mir als Trostpreis eine Spritze voller Glückseligkeit geschenkt.»

Eine Spritze, ja eine Spritze voller Glückseligkeit sagte er, er meinte natürlich eine Dosis Heroin. Sie wusste nicht mehr was geschah, sie spielten irgendein Kartenspiel, das Pedro wie von Zauberhand immer wieder gewann und die vier jungen Frauen bekamen in ihrem Alkoholrausch allesamt ihre erste Heroinspritze verpasst. Von der ersten Spritze bis zur Abhängigkeit war es dann nur ein kleiner Schritt, ein Katzensprung, wie man sagt.

Nachdem Petra ihre Drogenabhängigkeit entdeckt hatte, verbrachte Anita nur noch selten ihre Wochenenden in Baden. Sie entfremdete sich immer mehr, was ihren Eltern aber gar nicht auffiel, da sie ja so sehr mit sich selbst beschäftigt waren. Petra jedoch machte sich immer mehr Sorgen und so suchte sie ihre Schwester eines Tages in Bern auf, um ein ernstes Wort mit ihr zu reden. Ein Wort von Schwester zu Schwester. Sie musste mehrmals klingeln, bis Anita endlich die Türe öffnete. «Mensch Petra, was machst du denn hier? Ist etwas passiert?»

«Ich muss mit dir sprechen, unbedingt, ich mach mir ernsthafte Sorgen um dich.» Petra schritt in die Wohnung, die ihr wie eine Art moderne Müllhalde vorkam. «Sag mal, wie sieht es denn hier aus?»

«Warum?»

«Warum? Sieh dich um! Wann habt ihr denn das letzte Mal aufgeräumt?»

«Wer aufräumt, der ist nur zu faul um zu suchen», erwiderte ihre Schwester und ging ihr voraus in ihr Zimmer, in dem ein wahres

Chaos herrschte. Petra musste sich mit ihren Füssen buchstäblich einen Weg durchs Zimmer freibahnen. Sie hielt den Atem an und öffnete schnell das Fenster. «Sag mal, lüftest du eigentlich nie?»

«Weshalb denn, ich hab' genügend Luft. Bist du zu mir gekommen, um mich zu beatmen oder was?»

Petra blieb zunächst am Fenster stehen, damit es ihr durch den abgestandenen Zimmergeruch nicht doch noch übel wurde. Sie blickte ihre Schwester besorgt an, die sich inzwischen auf ihrem Bett hingelegt hatte. Sie wusste nicht mehr, wie lange sie sich die ausgemergelte Anita angesehen hatte, vielleicht zehn Sekunden, vielleicht fünf Minuten. «Was willst du von mir?», brach Anita das Schweigen.

«Du hast uns schon lange nicht mehr besucht.»

«Muss ich das denn?»

«Müssen? Nein.»

«Na eben.»

Pause, eine sehr beklemmende Pause machte sich breit. Wer würde wohl als Erste den Bann brechen?

Petra setzte sich zu Anita ans Bett, das wohl schon seit Wochen keine frisch gewaschene Bettwäsche mehr gesehen hatte. Sie musste ihre aufkommenden Tränen unterdrücken, was ihr nur schwerlich gelang. «Ich weiss warum du nicht mehr kommst. Du kannst mir nichts vormachen oder mich für dumm verkaufen, du nimmst Drogen. Das ist ein ganz grosser Blödsinn, was du da machst. Eine richtige Scheisse ist das!»

«Oh, meine kleine Schwester macht mir Vorwürfe, sie will mir sagen, wie ich zu leben habe, wie ich mich verhalten muss, was ich darf und was nicht.»

«Mach dich nicht lächerlich, es ist viel zu ernst.»

Anita setzte sich auf und blickte Petra mit traurigen schmerzerfüllten Augen an: «Wissen es die Eltern?»

«Nein, ich habe ihnen nichts gesagt.» Wieder machte sich eine beängstigend lange Pause zwischen den beiden Schwestern breit. Anita sah auf den Boden und sagte, oder genauer, sie flüsterte kaum hörbar: «Danke.»

«Hier ist dein Kaffee, Petra.» Jäh wurde die Kommissarin aus ihrer tiefen Gedankenwelt herausgerissen, als Erwin mit dem bestellten, wohlriechenden Kaffee ins Büro trat. Der Duft des Fair-Trade-Kaffees aus Bolivien erfüllte den Raum. «Was ist los, störe ich etwa?»

«Ach nein, ich war mit meinen Gedanken nur etwas abgeschweift.» Sie nahm die Tasse von Erwin und trank genussvoll den Kaffee, der ihr wie ein kleines Wunder vorkam. *Eine grossartige Erfindung so ein Kaffee, wie würde ich wohl ohne Kaffee den Alltag überleben? Wahrscheinlich überhaupt nicht. Ein dreifaches Hoch auf die Personen, die dieses Wundergetränk entdeckt haben.* «Das tut gut. Sag mal Erwin, hast du schon mal irgendwas von einem Mord gehört, bei dem eine weisse Rose mit im Spiel war?»

Erwin dachte kurz nach, doch er schüttelte sofort entschieden den Kopf. «Nein, nicht dass ich wüsste, wirklich nicht. Ich kann mir einfach nicht vorstellen, was die weisse Rose bedeutet, welche Rolle sie spielt.»

Petra setzte sich an ihren Computer. «Wollen wir doch mal schauen, ob ich irgendwas rausfinde. Vielleicht gab es ja früher schon mal einen Mordfall mit einer weissen Rose. Vielleicht irgendwo an einem anderen Ort in der Schweiz oder sogar im Ausland. Und du fragst nochmal nach, ob mittlerweile eine Vermisstenanzeige eingegangen ist. Irgendwer muss die junge Frau doch vermissen.» Wortlos zustimmend verliess Erwin das Büro der Kriminalkommissarin.

Petra betätigte sich indes eifrig an ihrem Computer. *Wollen wir doch mal schauen, ob wir zwei das Geheimnis der weissen Rose knacken können. Komm schon Harry.* Harry, ja Harry, so nannte sie ihren Computer.

Plötzlich fuhr ein schrecklicher Gedanke in ihre rasenden Gehirnzellen, ein Gedanke, der beinahe erstarren liess: *Weisse Rosen, ja weisse Rosen, waren da nicht weisse Rosen auf dem Grab bei der Beerdigung meiner Schwester Anita? Weisse Rosen von einem unbekannten Verehrer, wie ich und meine Eltern annahmen. Doch steckte etwas ganz anderes hinter diesen weissen Rosen?*

5 (Dienstag 23. April 2013)

«Sachdienliche Hinweise sind an die Kantonspolizei Aargau in Aarau oder an jede andere Dienststelle zu richten.»

Jolanda Wyss stand der bare Schrecken ins Gesicht geschrieben. Das Stückchen Schokolade, das sie sich soeben gönnen wollte, blieb ihr buchstäblich im Halse stecken. Ihr Atem stockte und das Herz pochte wie verrückt unter ihrem Busen. Wie erstarrt und mit der Gesichtsfarbe eines Gespenstes blickte sie auf den Bildschirm ihres Fernsehers. «Mit einer weissen Rose auf ihrem Hinterteil aufgefunden.» So lautete die aktuelle Polizeimeldung. «Sie trug eine Halskette mit einem Schutzengel, auf dem der Buchstabe S eingraviert war.» *Na also, alles klar, das ist Sabrina!* Wie in Trance stellte die junge mollige Frau das Fernsehgerät ab, blieb minutenlang sitzen, bevor sie dann endlich langsam aufstehen konnte. Sie trug ein weisses T-Shirt und schwarze eng anliegende Leggings. Eine Bekleidung, die ihrer Figur so gar nicht entgegenkam, ganz im Gegenteil. Doch Schwarz und Weiss, das waren Jolandas Lieblingsfarben, auch wenn dies ganz genau genommen eigentlich gar keine Farben sind. Dies sagte zumindest Newtons physikalische Lehre, obwohl es zahlreiche kluge Menschen gab, die hier ganz anderer Meinung waren, so auch Jolanda – oder Goethe. Für sie galten schwarz und weiss genauso zu den Farben wie zum Beispiel rot, blau, gelb und grün. Jolanda trug gerne Leggings, zumindest Zuhause, auch wenn sie darin eher noch molliger aussah, als sie in Wirklichkeit war. «Zieh dich doch nicht immer so unvorteilhaft an!», sagte ihr Sabrina noch vor wenigen Wochen vorwurfsvoll und nun war sie tot, einfach tot!

Die weisse Rose. Sabrina hatte ihr von diesen weissen Rosen erzählt. Sie öffnete die Balkontüre ihrer Dreieinhalbzimmerwohnung, die sich in Holziken in einem Sechsfamilienhaus befand. Es war keine luxuriöse Wohnung, nein, das bestimmt nicht, dazu fehlte ihr auch das Geld. Nicht einmal einen Geschirrspüler gab es hier und die Waschmaschine musste sie sich mit den anderen Mietern teilen. Aber Jolanda verstand es, ihre Wohnung gemütlich und mit viel Liebe zum Detail einzurichten. Frische Luft, Jolanda brauchte jetzt frische Luft, viel frische klare Luft, unbedingt und sehr schnell.

Wie sagte Sabrina noch zu ihr im letzten Sommer am Hallwilersee? «Du wirst dich noch wundern über mich. Ich mach noch ganz grosse Schlagzeilen! Ach was, ich werde selbst zu einer Schlagzeile!» Ja, jetzt wurde Sabrina tatsächlich zu einer Schlagzeile. *Scheisse, was soll ich jetzt bloss tun?* Sollte sie sich bei der Polizei melden und sagen, dass sie die junge tote Frau kennt oder kannte? Aber das würden doch bestimmt bereits ihre Eltern tun. Die armen Eltern, welch grosse Hoffnungen setzten sie doch in Sabrina, und jetzt? Alles aus und vorbei. Auf immer und ewig!

Jolanda setzte sich auf den weissen Gartenstuhl, der auf ihrem kleinen, spartanisch eingerichteten Balkon stand. Ihr Blick richtete sich hinüber zum Wald, der langsam aus dem Winterschlaf erwachte. Wie versteinert blickten ihre Augen hinaus in die Welt. *Ein Glas Wein, ja ein Glas Wein wäre jetzt gar nicht schlecht. Oder am besten gleich eine ganze Flasche.* Aber sie musste nun einen klaren Kopf behalten. *Die weissen Rosen, es gab irgendein Geheimnis, das mit diesen wei-*

ssen Rosen in Verbindung stand, aber was? Was hat mir Sabrina bloss über die weissen Rosen erzählt? Wenn ich mich doch nur erinnern könnte. Wenn ich den Menschen richtig zuhören würde, so wüsste ich das jetzt noch bestimmt. «Ich habe Sabrina ja gesagt, dass dies mit der ermodcast.ch eine Scheisse ist. Ermodcast.ch, genau, das ist es.»

Jolanda schloss ihre braunen Augen. Neunzig Prozent der Menschheit besitzt ja bekanntlich braune Augen und sie hätte gerne zu den anderen zehn Prozent gehört. Braune Augen sind so normal, gewöhnlich und langweilig, so glaubte sie es zumindest. Doch spielte das denn wirklich eine Rolle? Ja es spielte eine grosse Rolle, sie wollte nicht gewöhnlich und langweilig sein. Aber in diesem Augenblick gab es für sie ganz andere wichtigere Probleme als ihre braune Augenfarbe. Wichtigeres als ihr gewöhnliches, langweiliges Dasein auf dieser Welt.

Sabrina hat mir doch mal von ihrem Boss erzählt. Wie war doch schon wieder sein Name? Irgendwas ausländisches, Pietro, Pierre? Erinnere dich Jolanda, erinnere dich, na klar, Pedro, genau. Plötzlich öffnete Jolanda ihre Augen und sprang auf. Schnell schritt sie in ihre Wohnung, die sie seit etwas mehr als einem Jahr bewohnte. *Natürlich allein, welcher Mann sollte sich denn schon für so eine mollige 08/15 Frau interessieren,* dachte sie sich immer wieder. Irgendwo musste sie doch die Visitenkarte haben, die ihr Sabrina vor einigen Wochen mal abgegeben hatte. «Verdammter Mist, Sabrina hat mir doch die Karte von ermodcast.ch gegeben. Wo habe ich diese blöde Karte bloss hingetan? Warum muss ich immer alles suchen? Ich bin einfach zu blöd!» Laut lamentierend schritt sie durch ihre Wohnräume und ärgerte sich dabei über sich selbst. Die Suche in ihrer Geldbörse, wie auch in ihrer Handtasche war ohne Erfolg. Auch der Blick an den Kühlschrank, der mit Postkarten, Notizzetteln, Telefonnummern, Visitenkarten, Terminerinnerungen und desgleichen tapeziert war, blieb erfolglos.

Mit schnellen Schritten und einer gesteigerten Nervosität trat sie in das Allzweckzimmer ihrer Wohnung, das ihr als Büro, Bügelraum und Abstellecke diente. «Mein Zimmer für alles», sagte sie sich immer wieder. Ihre Augen blickten auf den unordentlichen Schreibtisch. Rechnungen sollten auch wieder mal bezahlt werden, auch diverse Korrespondenz und Dokumente warteten darauf, in Schubladen, Ordnern und desgleichen abgelegt zu werden. Tja, Büroarbeit, das war eben nicht wirklich die Lieblingsbeschäftigung von Jolanda.

Das Herausziehen der ersten Schublade erbrachte kein positives Ergebnis an den Tag. Unter Briefmarken, Geburtstagskarten, Briefumschlägen und Reissnägeln fand sie die gesuchte Visitenkarte auch nicht. Beim Betrachten des Inhalts der zweiten und somit auch mittleren Schublade konnte sie nun endlich ein erfolgreiches Resultat für sich verbuchen. Denn hier fand sie tatsächlich die Visitenkarte von Sabrinas Boss.

«ermodcast.ch – Pedro Alvare – Inhaber und CEO». Mit der Visitenkarte in der rechten Hand eilte sie ins Wohnzimmer, wo sie ihr Mobiltelefon abgelegt hatte. «Und jetzt? Was mache ich denn nun?» Mit der Visitenkarte in der einen und dem Telefon in der anderen Hand setzte sie sich auf das kleine Stoffsofa. Sollte sie Pedro Alvare wirklich anrufen? Was sollte sie ihm denn sagen? Sie konnte ja nicht einfach seine Nummer wählen und dann zu ihm sagen: «Hallo hier ist Jolanda, darf ich Sie etwas fragen? Haben Sie meine Freundin Sabrina umgebracht?»

Nein, das ging selbstverständlich nicht, das Vorgehen musste genau überlegt sein. Sie konnte natürlich mit der Visitenkarte zur Polizei gehen und den Beamten alles erzählen was sie über ermodcast.ch, Pedro Alvare und Sabrinas Tätigkeit bei dieser Agentur wusste. Das wäre im Moment die einfachste und vernünftigste Lösung gewesen. Doch würden es die Polizeibeamten dann auch wirklich schaffen, Pedro Alvare den Mord zu beweisen? Und eigentlich wusste sie ja gar nicht so viel, das sie den Beamten hätte erzählen können. Ihre braunen, etwas zu gross geratenen Augen, schauten zum Bücherregal, auf dem ein Foto von Sabrina und ihr stand, das vor etwa zwei Jahren aufgenommen wurde. *Das war doch auf der Seebodenalp unterhalb der Rigi. Wieso waren wir denn eigentlich dort? Ach ja, Sabrina wollte sich unbedingt die Kapelle anschauen. Sie hatte doch tatsächlich die Absicht dort zu heiraten, ach, sie war manchmal so hoffnungslos romantisch.* Plötzlich begann sie zu schluchzen, *warum musste Sabrina denn sterben? Was haben sie mit ihr gemacht?*

«Jetzt stell dich doch nicht so an wie ein Mauerblümchen. Das ist ja zum wahnsinnig werden mit dir.» Pedro Alvare war wütend, wieder einmal. Wehe, wenn sein südamerikanisches Temperament mit ihm durchging und sein Blut förmlich zum Kochen brachte, da konnte alles passieren. «Glaubst du denn, dies hier ist nur Spass? Wenn du erfolgreich werden willst, so musst du auch mal über deinen eigenen Schatten springen. Du bist hier nicht in einer Wohlfühloase, kapier das endlich!»

Sabrina Eckert warf ihren Kopf empor, ihre Augen funkelten wie eine glühende Zündschnur. Es war bereits das dritte Mal, dass Pedro von ihr verlangte, in einem Pornostreifen mitzuwirken. «Verpiss dich Pedro, ich habe dir schon hundertmal gesagt, dass ich das nicht mache, niemals. Das ist für mich ein NO GO! Ich bin hier als Fotomodell angestellt, ich will auf dem Laufsteg Karriere machen. In unserem Vertrag steht nichts von Sexfilmen.»

«Aber es steht darin, dass der Arbeitgeber, also ich, vom Arbeitnehmer, also von dir, Leistungen verlangen kann, die nicht ausdrücklich im Vertrag erwähnt wurden, sofern es dem Wohle der Firma dient. Es würde dem Wohl der Firma sehr dienlich sein, dich als schwanzlutschendes und spermaschluckendes Luder in einem Porno zu sehen. Kapierst du das, geht dies in dein verdammtes Spatzenhirn? Oder soll ich es dir vielleicht mit meinen eisernen Fäusten hineinprügeln?» Pedro nahm sein Glas Whisky und trank es in einem Zug leer um es gleich wieder aufzufüllen. Er drehte sich auf dem Barhocker mit dem Rücken zu Sabrina. Seine rechte Hand umklammerte das Whiskyglas mit einer immensen Kraft, so als würde das Glas demnächst unter dem Druck zerbersten. Sein Atem ging schwer, beinahe wie bei einem schnaubenden Pferd nach einem langen Ritt im Galopp.

Sabrina sass an einem kleinen Tisch in der Privatbar von Pedro. Die Bar befand sich in Pedros Villa am Zürichsee. Bei Partys fanden hier rund fünfzig Personen Einlass, aber natürlich nur erlesene Gäste, denn Pedro wusste genau welche Menschen für ihn nützlich waren. Die Partys bei Pedro waren allseits beliebt und manch ein Politiker oder Geschäftsmann war um jede Einladung in diese Privatbar froh und dankbar. Hier wurden schon Geschäfte in Millionenhöhe abgewickelt. Jetzt war Sabrina jedoch schon seit einer halben Stunde alleine hier mit Pedro. Das machte ihr Angst, sie fühlte sich mehr als nur unwohl, denn ihr Chef Pedro Alvare galt als unberechenbar. Ihre Arbeitskollegin Cécile Kleiner sagte vor ein paar Tagen unter vorgehaltener Hand zu ihr: «Pedro ist ein Teufel in Menschengestalt. Pass auf, er hat es auf dich abgesehen. Und dies schon seit er dich das erste Mal gesehen hat. Er will mit dir Geld, richtig viel Geld verdienen und dazu ist ihm jedes Mittel Recht.»

«Okay Baby», Pedros Stimme klang hart und eiskalt «du kannst gehen, dann muss halt eine deiner Kolleginnen dran glauben.»

«Aber …»

«Nichts aber, mach dass du verschwindest, bevor ich es mir noch anders überlege. Oder willst du, dass ich dich auf den Tisch lege, so frei nach dem Motto: Ein Quickie in Ehren kann niemand verwehren?»

Schnell ergriff Sabrina ihre Handtasche und schritt ohne Pedro noch eines Blickes zu würdigen zur Ausgangstüre. Bereits hatte sie die Türfalle in ihrer rechten Hand.

«Sabrina!»

«Ja?», ohne sich umzudrehen verharrte die flüchtende Sabrina. Ihr Atem glich dem eines fliehenden Rehs, das sich vor dem Jäger zu verstecken sucht. *Was denn noch? Wird er mich doch nicht gehen lassen? Fällt er über mich her? Oh Gott, bitte hilf mir, bitte!* «Du wirst es bereuen! Eines Tages wirst du es bereuen! Und wenn es das Letzte ist, was du machst.» Pedros höllisches Lachen begleitete Sabrina auf dem Weg hinaus an die Luft.

Mit einem Papiertaschentuch wischte sich Jolanda die fliessenden Tränen ab. Sie musste jetzt stark sein, stark für Sabrina, auch wenn ihr das nichts mehr nützen würde. Langsam nahm sie ihr Mobiltelefon in die Hand. Ihre Augen starrten unentschlossen auf die Visitenkarte. Sollte sie bei ermodcast.ch anrufen? Sollte sie sich bei der Polizei melden? Langsam wählte sie die Telefonnummer, die sich auf der Visitenkarte befand. Ihr Atem ging rasend schnell, es klingelte, einmal, zweimal, dreimal, und dann …

«ermodcast.ch, Nicole Schmidlin, guten Tag, wie kann ich Ihnen helfen?»

Jolanda blieben die Worte wie ein schwerer Stein im Halse stecken, sie konnte nicht antworten.

«Hallo, ist da jemand?», tönte es schrill am Telefon. «Melden Sie sich doch.» Bereits wollte Nicole Schmidlin das Telefon wieder weglegen, doch da war doch noch eine Antwort zu vernehmen.

«Ja, äh … Ich … Also, ist Pedro Alvare zu sprechen?»

«Nur einen Augenblick, wen darf ich anmelden?»

«Fischli ist mein Name, Franziska Fischli von der Modezeitschrift Anatevka». Jolanda war selbst über ihren Blitzentscheid überrascht. *Scheisse, was sag ich denn da?»*, fuhr es ihr durch den Kopf.

«Ich verbinde Sie mit Herrn Alvare, nur einen Augenblick, tschüsschen.»

Nein, oh Gott, was soll ich ihm denn sagen? Am besten leg ich wieder auf und ruf doch die Polizei an. Sollen die sich doch drum kümmern. Doch zu spät, bereits ertönte eine männliche Stimme am anderen Ende der Leitung.

«Pedro Alvare, was kann ich für Sie tun?»

Jolandas Herz pochte wie wild, so sehr, dass sie Angst hatte, ihr Gegenüber am Telefon würde es wahrnehmen. Sie musste sich extrem auf ihren Atem konzentrieren, damit ihre Stimme sie nicht im Stich liess. «Guten Tag Herr Alvare, mein Name ist Franziska Fischli von der Modezeitschrift Anatevka.»

«Hallo Frau Fischli, schön dass Sie mich anrufen, was verschafft mir die Ehre?»

Ohje, der tönt ja richtig charmant am Telefon, dachte sich Jolanda überrascht, bevor sie weiterfuhr. «Wir würden in unserer Zeitschrift gerne eine Reportage über Sie und Ihre Firma veröffentlichen.»

«Schön, das freut mich aber sehr, haben Sie einen Terminvorschlag für ein Interview?»

«Ja, nein, das heisst … Wie wäre es, wenn Sie mir einen Termin vorschlagen würden, Herr Alvare, ich bin im Moment ziemlich flexibel. Ich werde mich gerne nach Ihnen richten.»

«Okay, lassen Sie mich rasch in meiner Agenda nachsehen.» Wenige Sekunden lang war absolute Ruhe am Telefon. Bereits überlegte sich Jolanda, ob sie den Hörer nicht einfach wieder auflegen sollte. Und doch, irgendwie schien es ihr, als müsste sie das Begonnene nun durchziehen und zu Ende bringen, das war sie ihrer Freundin Sabrina ganz einfach schuldig. «Wie wäre es nächste Woche am Mittwoch um 15 Uhr in meiner Villa? Hier haben wir einen herrlichen Blick auf den Zürichsee. Das wird Ihnen bestimmt gefallen.»

«Ja, das würde gehen.»

«Schön, ich freue mich auf Sie!»

Jolanda legte ihr Telefon, nachdem sie sich von Pedro Alvare verabschiedet hatte, aus den Händen und setzte sich nachdenklich und geschafft auf einen Stuhl. Worauf hatte sie sich da bloss eingelassen? Konnte das wirklich gut gehen? Augenblicklich überkam sie eine grosse Angst und Unsicherheit. *Was mache ich bloss, wenn ich diesem Alvare gegenüberstehe und er bemerkt, dass ich gar keine Journalistin bin? Wird er mich dann umbringen, so wie er Sabrina umgebracht hat? Nein unmöglich, ich kann das nicht tun. Oh doch, ich muss es tun, für Sabrina. Ja ich muss es tun, und ich werde es tun.*

6 (Dienstag, 23. April 2013)

Petra Neuhaus hatte bereits einen mehr als anstrengenden Zwölfstunden-Arbeitstag hinter sich und sie sehnte sich mit all ihren Sinnen danach, endlich nach Hause zu gehen, ein Bad zu nehmen und in aller Ruhe ein Glas Rotwein zu trinken. *Ich glaube, das mache ich jetzt auch, morgen ist wieder ein neuer Tag,* dachte sie sich müde und erschöpft. In diesem Augenblick kam jedoch ihr Kollege Erwin Leubin buchstäblich wie eine Rakete in ihr Büro geschossen: «Wir wissen wie sie heisst.»

Keine halbe Stunde nachdem die ersten Radiostationen die Polizeimeldung zum Mordfall *Weisse Rose* gesendet hatten, war die Aktion auch schon von Erfolg gekrönt. In Fussballerkreisen nennt man das wohl Effizienz, eine Chance gleich ein Tor. Petra lehnte sich erleichtert, aber auch gespannt in ihrem Stuhl zurück und zog ihre linke Augenbraue leicht nach oben: «Und?»

«Ihr Name ist Sabrina Eckert, ihre Eltern Anton und Hilda haben sich bei uns gemeldet.»

«Sind sie etwa schon hier?», Petra richtete sich wieder auf, die Pflicht trieb ihren abgekämpften Körper zur Arbeit an.

«Noch nicht, ein Streifenwagen ist unterwegs um sie abzuholen. Unsere Psychotante ist natürlich auch mit an Bord.»

Petra stand wütend auf und sah mit zusammen gekniffenen Augen zu Erwin: «Du weisst, ich mag es nicht, wenn du so über Susanne sprichst. Sie macht ihren Job verdammt gut, und der ist beileibe nicht immer einfach. Das weisst du so gut wie ich! Ich weiss ja nicht, weshalb du so eine schlechte Meinung betreffend Psychologen und Psychiater hast, aber lass es bitte nicht an Susanne aus!» Susanne Zimmermann war schon seit vielen Jahren bei der Kriminalpolizei als Psychologin tätig und Petra Neuhaus schätzte sie sehr. Nicht nur als Berufskollegin, sondern auch als Mensch. Susanne kannte sie schon, als die Beziehung mit Ulrich in die Brüche ging. *Vielleicht hätte ich damals mit Susanne darüber sprechen sollen, anstatt alles in mich hinein zu fressen. Aber so bin ich halt, bin schon immer so gewesen, so schnell kann ich das nicht ändern.* Neun Jahre, vier Monate und drei Tage dauerte die Beziehung von Petra zu Ulrich Zumsteg, der als Sachbearbeiter bei der Sozialversicherungsanstalt in Aarau arbeitete. Bis zu jenem Zeitpunkt, als Petra von ihrer Mutter erfuhr, dass sie diesen Ulrich mit einer anderen Frau gesehen hatte, führten Petra und Ulrich eine harmonische Beziehung. Zunächst wollte Petra das Offensichtliche nicht wahrhaben, zu sehr hing sie an der Beziehung zu ihm. Sie fühlte sich bei ihm geborgen, etwas das sie so sehr benötigte, gerade auch, um sich von ihrem wirklich nicht einfachen Berufsalltag erholen zu können. «Wahrscheinlich war die Frau nur eine Bekannte oder eine Geschäftskollegin. Du siehst Gespenster Mutter, Ulrich und ich sind sehr glücklich zusammen, wieso sollte er …»

«Warum denn nicht? Das liegt im Naturell des Mannes, seit es Männer gibt.»

«Ach ja? Das heisst also, dass auch dein Mann, also dass mein Vater …»

«Dein Vater ist eine Ausnahme!»

«Gibt es denn Ausnahmen?»

«Lass jetzt mal deinen Vater aus dem Spiel. Im Übrigen kannst du mir wirklich glauben, dass es sich bei Ulrich um eine Affäre handelt. Oder küsst du deine Bekannten oder Geschäftskollegen auch in aller Öffentlichkeit auf den Mund und lässt dich von ihnen an die Titten und an den Arsch fassen?» Petras Mutter verheimlichte noch immer die Affären ihres Ehemannes auf seinen Geschäftsreisen, das musste Petra auch gar nicht wissen. Schliesslich müssen die Kinder nicht immer alle Schandtaten ihrer Eltern bis ins letzte Detail kennen.

Es war ein kühler Novembertag, der Nebel liess der Sonne keine Chance, um sich auch nur einige Sekunden blicken zu lassen, als Petras Mutter sie über die Affäre von Ulrich Zumsteg aufklärte. Petra hatte gerade ein paar Tage frei, um endlich die unzähligen Überstunden abzubauen, die sich aufgestaut hatten wie ein überdimensionaler Stausee. Sie besuchte ihre Eltern nur selten, doch an diesem Tag wachte sie auf und dachte als erstes an ihre Mutter. Ein Zeichen? Vielleicht! Auf alle Fälle rief sie gegen Mittag ihre Mutter an und kündigte ihren Besuch an. «Das freut mich», sagte Therese Neuhaus. «Es ist gut, dass du kommst, denn ich habe dir etwas sehr Wichtiges zu erzählen.»

«Was denn?», bereits wurde Petra hellhörig. Durch ihre Tätigkeit bei der Polizei entwickelte sich bei Petra die Fähigkeit, sehr schnell zu spüren, wenn etwas nicht so ist wie es sein sollte, wenn irgendetwas ganz offenbar nicht stimmte.

«Nicht am Telefon», widersprach ihre Mutter vehement, «das kann ich dir nur unter vier Augen sagen.»

«Küsst du deine Bekannten oder Geschäftskollegen auch in aller Öffentlichkeit auf den Mund und lässt dich von ihnen an die Titten und an den Arsch fassen?» Die Worte ihrer Mutter hallten wie ein immer wiederkehrendes Echo in den Ohren Petras, an denen sie silberne Anhänger trug, die sie von Ulrich zum letzten Geburtstag als Geschenk bekommen hatte. Wie wild kreisten ihre Gedanken um sie herum. *Nicht Ulrich, so etwas macht Ulrich doch nicht. Alle anderen ja, aber nicht Ulrich, das darf nicht sein! Oh, ich fühle mich so belogen, betrogen, hintergangen und ausgenutzt. Weshalb tut er mir das an, obwohl ich ihn doch so sehr liebe?* «Was wirst du nun tun?» Therese Neuhaus goss ihrer Tochter nun schon den dritten Kaffee ein. So eine Nachricht rief förmlich nach einer Stärkung des flatternden Nervenkostüms.

«Ich bringe ihn um, ich knall diesen Scheisskerl ab wie einen tollwütigen räudigen Hund!»

«Petra!» Die rechte Hand Thereses zitterte, der Krug mit dem heissen Kaffeewasser glitt ihr aus der Hand und krachte zu Boden. Einzelne Spritzer des heissen Wassers trafen Petra, die sofort erschreckt aufsprang und sich in Sicherheit brachte.

«Mutter, Verdammt, was machst du denn? Glaubst du wirklich im Ernst, ich würde den kleinen Wichser über den Haufen schiessen? Deshalb mache ich mir doch mein Leben und meine Karriere nicht kaputt. Wie gut kennst du mich eigentlich, dass du mir so was überhaupt zutrauen kannst?»

«Es gibt Morde aus viel banaleren Gründen, das solltest du doch wissen.»

«Mutter, wem sagst du das? Ich bin Kriminalkommissarin, ich weiss sehr wohl, wozu die Menschen fähig sind. Und jetzt hole ich uns einen Cognac in der Küche, der wird uns bestimmt guttun.»

«Wieso uns? Mir ist nichts passiert, du bist diejenige die hintergangen und betrogen wurde. Du kannst von mir aus die ganze Flasche Cognac trinken, aber ich halte mich da besser raus.»

«Du könntest dich ja deiner Tochter gegenüber loyal zeigen und mittrinken. Schliesslich sagt man ja, geteiltes Leid ist halbes Leid.»

Während Petra auf die Eltern des jungen Opfers Sabrina warten musste, dachte sie an ihre eigene Mutter. Sie erinnerte sich an den Tag zurück, als jene Worte ihrer Mutter ihre Beziehung zu Ulrich für immer zerstörten. «Wie würden wohl meine Eltern reagieren, wenn sie erfahren würden, dass ich tot im Wald aufgefunden worden bin?»

«Das ist aber eine sehr hypothetische Frage», meinte Erwin mit einem Stirnrunzeln.

«Ach, ich weiss nicht. Bei unserem Beruf müssen unsere Angehörigen und Freunde ja eigentlich immer mit dem Schlimmsten rechnen, nicht wahr?»

«Ja, das ist wohl so.» Erwin blickte ernst in die graublauen Augen von Petra, die ihn traurig anblickten. «Was ist mit dir, du wirkst beinahe etwas melancholisch.»

«Es ist immer sehr schlimm, wenn die Kinder vor den Eltern sterben müssen. Es ist gegen die Natur, verstehst du? Gegen jede Logik!»

«Ja, da hast du wohl recht, aber was ist schon logisch auf dieser Welt?»

«Hallo Erwin, grüss dich Petra.» Susanne Zimmermann trat zielstrebig ins Büro der Kriminalkommissarin Petra Neuhaus. Ohne anzuklopfen, das durfte sonst nur noch Erwin, diese Abmachung unterstrich die gute Beziehung von Petra zu Susanne. Die Psychologin Susanne Zimmermann war fünf Jahre älter als Petra, sie hatte kurze schwarze Haare und eine wohlproportionierte Figur. Petra bewunderte Susanne und sie empfand sie als sehr attraktiv. Es überraschte die Kommissarin immer wieder, dass die Psychologin ganz offenbar eine überzeugte Singlefrau war, denn zumindest hatte Susanne keine Beziehung gehabt, soweit Petra sich zurückerinnern vermochte. *Vielleicht aber ist sie auch lesbisch, wer weiss das schon so genau? Was wissen wir eigentlich von unseren Mitmenschen?* «Susanne, du bist schon da? Und wie sieht's aus? Erzähl schon.»

Die Kriminalpsychologin setzte sich in einen Stuhl genau gegenüber von Petra. Sie trug einen eleganten grauen Hosenanzug, der sie in den Augen von Petra eher als Geschäftsfrau, denn als Psychologin wirken liess. Doch wie sollen sich Psychologen denn anziehen, damit sie auch als solche zu erkennen sind? «Der Vater ist einigermassen okay, er nimmt das Ganze nach aussen hin ziemlich – wie soll ich sagen – neutral und gefasst. Die Mutter, ja, ihr geht es gar nicht gut. Ich habe ihr etwas zur Beruhigung gegeben, damit du mit ihr sprechen kannst.»

Petra schaute aus dem Fenster hinunter zur ruhig dahinfliessenden Aare. «Ein fliessendes Gewässer hat etwas Wunderbares an sich. Das Wasser kommt und kommt und kommt, es hört niemals auf. Nicht so wie unser Leben, das so plötzlich zu Ende gehen kann, in dem der Tod wie der Blitz eines Gewitters einschlagen kann.»

«Bist du okay?», fragte Erwin verwundert.

«Es ist bereits dunkel geworden, eigentlich Zeit um Feierabend zu machen …, kommst du mit, Susanne?»

Susanne stand auf und legte ihre linke Hand auf die rechte Schulter von Petra. «Du meinst, ob ich dich zu den Eltern des Opfers begleite?»

«Ja, Susanne, das meine ich, ich schaff das heute einfach nicht alleine, verstehst du?»

«Na klar verstehe ich das. Also komm, lass uns gehen. Du wirst das schon schaffen, ganz bestimmt!»

Fünfzehn Minuten später sassen die Kriminalkommissarin Petra Neuhaus und die Psychologin Susanne Zimmermann den Eltern von Sabrina gegenüber. Es war ein kleiner Raum, in dem sich die vier Personen befanden, nur knapp zehn Quadratmeter gross. Es gab darin auch nur wenig Mobiliar: ein Zweiersofa, zwei Sessel, einen kleinen Salontisch, sowie einige Hocker, die aufgestapelt an der mattweissen Wand standen.

Sabrinas Vater Anton war ein muskulöser, durchtrainiert wirkender Mann von 45 Jahren. Er trug schwarze Jeanshosen, ein rotkariertes Hemd und eine hellbraune Fleecejacke. Sein Gesicht war unrasiert, dies etwa seit drei Tagen, so zumindest vermutete es Petra. Auf den ersten Blick wirkte er wirklich gefasst, obwohl seine Augen etwas ganz anderes offenbarten, nämlich eine ungeheure Ohnmacht und Leere, aber auch eine unfassbare Wut über die nicht zu verstehende Situation. Antons Frau Hilda war zwei Jahre jünger. Sie trug einen grauen Jupe und einen schwarzen Pullover. Im Gegensatz zu ihrem Mann schien sie völlig von der Rolle zu sein, ihr ganzer Körper zitterte, sie weinte und hielt krampfhaft ein cyanblaues Taschentuch in den Händen, mit dem sie ihre Tränen zu trocknen versuchte. Ein Taschentuch, das sie letzte Weihnachten von Sabrina, von ihrer nun verstorbenen einzigen Tochter, bekommen hatte.

«Wer macht denn so was? Was ist das für ein Monster, der einem jungen Mädchen so was antut?» Jedes Wort, das Hilda Eckert mit heiserer gedrückter Stimme an die Kommissarin wandte, wirkte gepresst und schwer wie Blei.

«Ich weiss, dass es für Sie kein Trost ist, wenn ich nun sage, wie leid mir das alles tut und dass ich Sie in Ihrer Wut und Trauer nur allzu gut verstehen kann.» Petra Neuhaus versuchte so sachlich wie möglich zu bleiben, auch wenn sie am liebsten mit der erschütterten Frau mitgeheult hätte. Sie schaute zu Susanne, die das Ganze wie aus der Distanz zu betrachten schien. *Verdammt, ist die Susanne hübsch. Wenn Sie wirklich lesbisch ist, so könnte ich doch mal mit ihr ...* «Wissen Sie bereits wer der Mörder ist, oder haben Sie zumindest einen Verdacht?»

Jäh wurde Petra von ihren Gedanken über Susanne unterbrochen, die Worte von Sabrinas Vater hallten noch immer im kahlen Raum. *Dieser Raum ist ja wirklich das Allerletzte, da kommt mir ja gleich die Galle hoch,* dachte sie sich während sie fast zeitgleich zur

Antwort gab: «Ich muss leider gestehen, dass wir im Moment noch absolut keine Anhaltspunkte darüber haben.» *Ich muss schauen, dass dieser Raum etwas freundlicher daherkommt. Ein Bild an der Wand würde nicht schaden.* Mit zitternder Stimme wandte sich Sabrinas Mutter an die Kommissarin. «Aber Sie werden herausfinden wer der Mörder ist und ihn bestrafen, nicht wahr?»

«Versprechen Sie nie, einen Täter zu fassen und ihn zu bestrafen! Niemals! Das ist eine Todsünde für jeden Polizisten.» Die Worte des Dozenten an der Polizeischule bahnten sich hartnäckig einen Weg in den Kopf von Petra Neuhaus.

Sie schaute zu Susanne, sagte dann aber zu Hilda Eckert: «Wir tun alles was in unserer Macht steht, damit wir den Täter oder die Täterin fassen können. Das dürfen Sie uns wirklich glauben. Wir sind aber nun in erster Linie auf Ihre Mithilfe angewiesen. Denn wir wissen im Moment noch sehr wenig, bis vor wenigen Minuten war uns ja nicht einmal der Name des Opfers bekannt.» *Opfer, was für ein schlimmes Wort.* Petra hätte sich am liebsten selbst dafür geohrfeigt, dass sie so zu Sabrinas Eltern sprach. Sofort versuchte sie sich zu korrigieren. «Entschuldigen Sie, Frau Eckert, ich meine natürlich, bis vor wenigen Minuten wussten wir nicht mal Sabrinas Namen.»

«Was wollen Sie denn von uns?» Anton Eckert stand auf und begann im Raum umher zu gehen. Obwohl dies bei der Raumgrösse gar kein leichtes Unterfangen war.

«Alles was Sie uns über ihre Tochter Sabrina erzählen, kann von Wichtigkeit sein, jedes noch so kleine Detail.»

«Was soll ich denn erzählen? Sabrina war ein ganz normales junges Mädchen, so wie es abertausende andere auch gibt. Sie fiel nie negativ auf, nicht während der Schulzeit oder als Teenager oder wie oder wann auch immer.»

«Sie wollte einfach nur ihren Traum verwirklichen, dafür lebte sie doch nur.» Hilda Eckert unterbrach ihren Mann in dessen Ausführungen.

«Traum, was für einen Traum hatte denn Ihre Tochter, den sie so unbedingt verwirklichen wollte?»

«Fotomodell, sie wollte unbedingt Fotomodell werden und die ganze Welt auf dem Laufsteg erobern. Seit letztem Sommer arbeitete sie für eine Modeagentur und hat auch schon einige schöne Aufträge gehabt.»

Petra wurde hellhörig. Wenn Sabrina tatsächlich in der schillernden Welt der Mode unterwegs war, so passte zumindest ihr Outfit, das sie während ihres Todes trug. «Können Sie mir sagen, wie der Name der Modeagentur ist, für die Ihre Tochter gearbeitet hat?»

Einige Sekunden war es ruhig im kahlen Raum, bevor Sabrinas Mutter sagte: «Nein leider nicht. Wissen Sie, sie hat sehr wenig von ihrer Tätigkeit erzählt. Sie hat uns Fotos von ihr während der Arbeit gezeigt, aber sonst? Sonst können wir Ihnen leider nicht helfen. Bitte finden Sie den Mörder unserer Tochter, versprechen Sie mir das, Frau Neuhaus.»

Lange, unendlich lange blickte Petra in die Augen von Hilda Eckert, die so unsagbar leer und traurig in die Welt hinausschauten, in eine Welt, die sie nicht mehr begreifen konnte, nie mehr begreifen wird, egal was noch alles passieren würde. Eine Welt, die nicht mehr diejenige war, die sie kannte. Dann sagte Petra das was sie nicht sagen sollte, niemals sagen durfte, unter gar keinen Umständen: «Ja, Frau Eckert, wir werden den Mörder fassen, ich verspreche es Ihnen.»

7 (die Nacht vom 23. zum 24. April 2013)

… neun, zehn, elf, zwölf. Die Kirchenuhr schlug gerade Mitternacht, Petra Neuhaus lief im strömenden Regen durch dicht stehende Bäume und Sträucher. Sie musste sich beeilen, warum, das wusste sie nicht, das war ihr entfallen, doch irgendetwas in ihrem Inneren trieb sie unaufhörlich an weiterzugehen, immer schneller, schneller, schneller. Vorwärts, nur vorwärts, nicht zurückschauen, niemals, unter gar keinen Umständen, egal was passiert. Doch die Dunkelheit des nächtlichen Waldes zwang sie immer wieder inne zu halten und sich den Überblick zu verschaffen, wo sie denn überhaupt war, wo sie sich im Augenblick gerade befand. Sie blinzelte mehrmals, denn ihr vom Regen verwischtes Make-Up brannte und juckte in ihren Augen. Es tat weh und sie fuhr mit ihrer linken Hand über ihre gereizten graublauen Augen, was aber einer Linderung auch nicht zuträglich war. Schnell holte sie nun ein Papiertaschentuch aus ihrer rechten Jackentasche und versuchte ihre Augen, ihren ganzen Kopf trocken zu reiben, was aber ziemlich aussichtslos war, da es weiter unaufhörlich regnete. Der Regen prasselte und ergoss sich aus dem Himmel auf sie herab. Warum bloss hatte sie keinen Schirm und keinen Regenschutz mitgenommen? Das war ja direkt schon grob fahrlässig von ihr, so etwas. Und wohin war sie unterwegs, woher kam sie eigentlich? Und noch eine Frage, die sie nicht losliess, wo um alles in der Welt war sie eigentlich? In der Finsternis konnte sie verschwommen ein Waldhaus erkennen, davor standen unter dem schützenden Vordach ganz offensichtlich zwei Männer, die in ein intensives Gespräch vertieft waren.

Sie kannte die Männer, der eine war ein rund 70jähriger Bartträger, dessen Name ihr aber nicht bekannt war, aber vielleicht war ihr der Name entfallen und sie wusste ihn ganz einfach nicht mehr. Der andere Mann war ihr Arbeitskollege Erwin Leubin. Beim Nähertreten holte sie ihre Zigarettenpackung und ein Feuerzeug aus der linken Tasche der dunkelblauen Jacke heraus. «Gar nicht so einfach bei diesem Pisswetter eine Zigarette anzuzünden», sagte sie zu sich selber. Als sie es schliesslich doch geschafft hatte, zog sie den Rauch schnell und beinahe gierig ein. Ihre Lunge lechzte nach Nikotin und sie wollte, sie musste diesen Hunger stillen, wollte ihre Lunge mit Nahrung beruhigen. Endlich wieder Qualm in der Lunge, ja!

«Hab' ich dir nicht gesagt, du sollst nicht rauchen?», schrie der Bartträger heftig und offenbar erregt zu ihr in die Dunkelheit hinüber.

«Es ist mir aber wichtig, wichtiger als alles andere auf der Welt! Es macht mich froh! Und vor allem gehöre ich dann dazu und ich bin keine Aussenseiterin! Rauchen macht frei, rauchen macht high!»

Petras verflossener Lebenspartner Ulrich Zumsteg hangelte sich derweil mit einer Liane in roten High Heels von einem Baum zu ihr hinab und sprach zu ihr: «Das habe ich auch bemerkt, dass es dir wichtiger ist als alles andere. Jahrelang habe ich dagegen angekämpft, doch am Schluss ist die Hoffnung gestorben und so musste ich halt unsere Beziehung beenden. Schade um dich und schade um unsere Liebe.»

«Ulrich, aber …». Doch bereits war Ulrich wieder spurlos verschwunden, wie vom Erdboden verschluckt, als wäre er nie hier gewesen, als wäre seine Erscheinung bloss eine Fata Morgana gewesen. Aus der Dunkelheit des Waldes hörte sie ihn rufen: «Ich liebe dich noch immer, Petra. Wenn du willst, so bin ich für dich da. Auf immer und ewig!»

Verwirrt, aber auch verärgert, warf Petra ihre Zigarette weg und wie in Trance näherte sie sich den zwei Personen, die auf sie warteten. Endlich im Trockenen angekommen, sagte sie zu Erwin in einem vorwurfsvollen Ton: «Was machst du denn hier? Wieso bist du zu nachtschlafender Zeit nicht Zuhause bei Frau und Kind? Wäre das jetzt nicht der richtige Ort für dich?»

«Wir haben auf dich gewartet, wird auch Zeit, dass du endlich kommst!»

«Warum, was ist denn los?» Ihre Gedanken rasten um die Wette, war sie bewusst hier an diesen Ort gelangt? Hatte sie hier etwa einen Termin mit Erwin? Und warum eigentlich war Ulrich nackt und nur mit roten High Heels unterwegs? Das gibt es doch gar nicht, so was! Rote High Heels, da war doch was, woran sie sich erinnern sollte. Kopf, verdammter schmerzender Kopf, komm erinnere dich.

«Komm herein und schau doch selbst», mit diesen Worten schritt Erwin gefolgt vom Bartträger Hans-Peter Huber ins Waldhaus, das in den Augen von Petra eher eine armselige Hütte darstellte. Im Innern zeigte sich der Kommissarin ein grausames Bild, sie traute ihren Augen nicht, was sie da zu sehen bekam. Während ihrer bisherigen Karriere hatte sie schon vieles erlebt, aber so etwas Makabres nun doch noch nicht, das war ihr noch nie vor die Augen gekommen. Licht gab es in diesem kühlen kalten Raum nicht, das heisst nur sehr wenig. In jeder Ecke stand ein Kerzenleuchter mit drei weissen Kerzen. Das Licht der Kerzen liess den Raum gespenstisch aussehen, wie aus einem furchterregenden Horrorthriller. In der Mitte des Raumes lagen nebeneinander gereiht fünf junge tote Frauen, allesamt mit einer weissen Rose auf dem nackten Hinterteil. Um die toten Frauen herum schwirrten Mäuse und Ratten, die bereits begonnen hatten, an den Verstorbenen zu knabbern und zu nagen. Geschockt von diesem abartigen, abscheulichen Bild stand Petra zunächst wie versteinert da, es war ihr unmöglich etwas zu sagen, geschweige denn etwas zu tun, eine innere Ohnmacht machte sich breit. Doch urplötzlich begann sie wie wild auf die knabbernden Viecher einzutreten und sie davon zu jagen, während Hans-Peter und Erwin das Ganze laut lachend, eigentlich schon grölend, verfolgten.

Wütend stürmte sie auf die lachenden Männer los und schlug Erwin mehrmals auf die Brust: «Spinnst du eigentlich? Warum hilfst du mir nicht? Was ist denn bloss mit dir los?»

«Die Frauen haben die Strafe bekommen, die ihnen zusteht, denn sie haben allesamt geraucht und etwas versprochen, was sie nicht halten konnten.» Der Bartträger wandte sich direkt an Petra: «Und du bist die Nächste, wie möchtest du denn gern sterben? So ganz auf die Schnelle oder doch lieber langsam mit Genuss? Dein Wunsch ist uns Befehl! Ach, vergiss es, es wird uns schon ein schöner Tod für dich einfallen.» Verschmitzt und mit Arglist lächelte er sie an und strich ihr über die nassen Haare. «Nasse Haare sind erotisch, so was törnt mich an. Das sollten wir im nächsten Pornostreifen integrieren.»

Angewidert entfernte sich Petra und starrte auf die toten Frauen. «Versprechen Sie nie, einen Täter zu fassen und ihn zu bestrafen! Niemals! Das ist eine Todsünde für jeden Polizisten!... Versprechen Sie nie, einen Täter zu fassen und ihn zu bestrafen! Niemals! Das ist eine Todsünde für jeden Polizisten!... Versprechen Sie nie, einen Täter zu fassen und ihn zu bestrafen! Niemals! Das ist eine Todsünde für jeden Polizisten!... Versprechen Sie nie, einen Täter zu fassen und ihn zu bestrafen! Niemals! Das ist eine Todsünde für jeden Polizisten!... Versprechen Sie nie einen Täter zu fassen und ihn zu bestrafen! Niemals! Das ist eine Todsünde für jeden Polizisten!...» Immer wieder dröhnten die Worte durch das Waldhaus, immer lauter, immer aufdringlicher, wie ein Echo aus allen Himmelsrichtungen, bis Petra ihre Ohren zuhielt: «Aufhören! Aufhören!»

Mittwochmorgen, 24. April 2013, 06.30 Uhr: Der Wecker im Schlafzimmer von Petra klingelte unaufhörlich. Schweissgebadet erwachte sie, von ihrem Traum gezeichnet und gebeutelt stellte den Wecker ab. «Versprechen Sie nie, einen Täter zu fassen und ihn zu bestrafen! Niemals! Das ist eine Todsünde für jeden Polizisten!» Petra Neuhaus wusste sehr wohl, dass sie eine Dummheit gemacht hatte, aber dass sie deshalb gleich einen solchen Alptraum bekam, das verstand sie nun doch nicht. Langsam versuchte sie sich vom Traum zu lösen, um wieder in der Wirklichkeit anzukommen. *Der Wald, die Zigarette, Ulrich in roten High Heels, die toten Frauen mit den weissen Rosen, die an den Frauen nagenden Ratten. War eine der jungen toten Frauen nicht meine Schwester Anita? Ja natürlich, die Frau in der Mitte das war zweifellos Anita. Welche Verbindung besteht hier, die ich bislang noch nicht erkannt habe? Das gibt es doch gar nicht, so was völlig Verrücktes habe ich bislang wirklich noch nicht erlebt, respektive geträumt.* «Oh, verdammt, habe ich heute wieder Kopfschmerzen, das ist ja der reine Wahnsinn.» Mühsam kroch sie aus ihrem Bett, wie ein geräderter Sklave kam sie sich vor. «Oh Mann, mir geht's so richtig mies, so kann ich nicht zur Arbeit gehen.» Doch Petra wusste im selben Augenblick als sie sich dies selbst sagte, dass sie heute wie immer arbeiten würde, wie gewohnt ihrer Tätigkeit nachgehen wird. Sie durfte keine Schwäche zulassen, der Mörder von Sabrina war immer noch auf freiem Fuss und vielleicht hatte er bereits sein nächstes Opfer im Visier seines lüsternen Verlangens.

Petra gelangte schliesslich mit etlicher Mühe in ihr Badezimmer, streifte ihr vom Schweiss nasses T-Shirt ab. Sie blickte lange und intensiv in den verschmutzten Spiegel, den sie endlich wieder mal reinigen sollte. Aber die Wohnungsreinigung war wirklich nicht ihre Lieblingsbeschäftigung, da konnte sie sich wahrlich besseres vorstellen, wenn sie denn mal frei hatte, was ihrer Meinung nach sowieso viel zu selten vorkam. «Verdammt Petra, du siehst heute vielleicht

Scheisse aus.» *Wenn ich mir selbst über den Weg laufen würde, so bekäme ich wohl einen Schock!* Nach einer ausgiebigen Dusche fühlte sie sich viel besser und bei einem neuerlichen Blick in den alles offenbarenden und unbarmherzigen Spiegel, gefiel sie sich bereits wieder etwas besser als noch vor einigen Minuten. Sie ging in die Küche und trank ein Glas frisches Ingwerwasser. «Ich werde dich erwischen, du verdammte Bestie, egal wo du bist. Und wenn es das Letzte ist was ich machen werde, solange ich noch lebe.»

8 (23. August 2012)

«I got my first real six-string. Bought it at the five-and-dime. Played it ‹till my fingers bled. Was the summer of 69…», von Bryan Adams ertönte aus dem Mobiltelefon von Sabrina Eckert. Dieser Titel war Sabrinas absoluter Lieblingssong, daher hatte sie ihn auch als Rufton ausgewählt, da gab es für sie gar keine andere Wahl. Es war ein sehr heisser Sommertag und Sabrina lag nur in ihrem knappen dunkelblauen Bikini auf einem Liegestuhl im Garten des Einfamilienhauses, in dem sie mit ihren Eltern seit ihrem achten Lebensjahr wohnte. Zuvor lebten sie in einem Achtfamilienhaus im Nachbardorf. Sabrinas Eltern hatten alle ihre Ersparnisse benötigt, um sich dieses Einfamilienhaus zu leisten, das sie sich vor allem anschafften, um Sabrina mehr Raum und einen besseren Lebensstandard bieten zu können. Sie lag im Schatten eines mächtigen Kirschbaumes und las im Roman «Doch mit den Clowns kamen die Tränen» von Johannes Mario Simmel. Dieses Buch hatte sie zwar bereits zweimal gelesen, aber Sabrina war ein grosser Fan der Simmel-Romane. «Simmel kann man nie genug gelesen haben», sagte sie unlängst zu ihrer Mutter, die sie darauf angesprochen hatte, dass sie das selbe Buch nun schon zum wiederholten Male las. Ihre Mutter Hilda konnte das überhaupt nicht verstehen, sie war auch keine Leseratte. Viel lieber beschäftigte sich Hilda in ihrer Freizeit mit Handarbeiten wie Stricken und Nähen. Auch sämtliche Vorhänge des Hauses hatte Sabrinas Mutter in einer wochenlangen Prozedur selbst genäht.

Schnell nahm Sabrina ihr Telefon, das sie neben sich auf einem kleinen Tischchen hatte, zur Hand: «Hallo, hier ist Sabrina Eckert.»

«Hallihallo, hallöchen Hallo, und hier ist, na was denkst du denn wer hier ist?»

Sabrina kannte die Stimme, aber irgendwie konnte sie sie in diesem Augenblick nicht richtig einordnen: «Entschuldigung, aber ...»

«Kein Problem Sabrina Maus, hier ist die Nicole von ermodcast.ch.»

«Hallo Nicole», sofort setzte sich Sabrina auf, ihr Körper begann sich zu spannen, das Herz schlug von einer Sekunde auf die andere um Hundert Prozent schneller. So kam es Sabrina zumindest vor. *Bitte lieber Gott, hilf, dass ich es geschafft habe»*, sandte sie ein Stossgebet in Richtung Himmel, während Nicole am anderen Ende der Leitung weitersprach.

«Wie geht es dir, Sabrina?»

«Gut, danke.» Was für eine belanglose Frage, am liebsten wäre sie durch den Telefonhörer zu Nicole hinübergerauscht, hätte sie an der Gurgel gepackt und sie dazu gezwungen, zu sagen, wie das Casting ausgefallen ist.

«Schönes heisses Wetter heute, nicht wahr? Da muss es einem ja gut gehen. Ein Sommer wie er im Buche steht.»

«Ja, so ist es», *so rück schon raus mit der Mitteilung, du dummes Tussilein.* Sabrina konnte es kaum noch ertragen, bis Nicole schliesslich sagte: «Ich habe tolle Nachrichten für dich! Deine Probeaufnahmen haben unserem Chef Pedro Alvare sehr gut gefallen. Er möchte dich kennenlernen.»

«Schön, das freut mich wirklich sehr.» Und das war noch bei weitem untertrieben. Sabrina fühlte sich, als könnte sie zum Mars fliegen. Und dies gleich innert Sekunden.

«Okay, hast du heute Zeit?»

«Heute schon, so schnell?» Damit hatte das angehende Modell nun doch nicht gerechnet, dass es so schnell gehen würde. Aber warum auch nicht, verschiebe nie auf Morgen was du heute kannst besorgen. Diesem Sprichwort wollte Sabrina Folge leisten.

«Man muss das Eisen schmieden, solange es heiss ist, nicht wahr?», kicherte Nicole schon fast albern, als hätte sie die Gedanken von Sabrina durchs Telefon hindurch erkannt. «Also wir haben jetzt so knapp 15 Uhr, nicht wahr? Ist es dir möglich um 19 Uhr bei uns in Zug zu sein?»

15 Uhr ... 19 Uhr ... Vier Stunden, oh Gott wie soll ich das bloss schaffen? Sabrina durchlief in Gedanken alles was sie in diesen vier Stunden zu erledigen hatte. Sie musste duschen, sich die Beinhaare und die Bikinizone rasieren, die Haare fönen, die Finger- und Zehennägel lackieren, Make-Up auftragen, das beste Outfit suchen und anziehen. Und dann war da ja noch die Reise mit Bus und Bahn nach Zug. Nein, das war nicht zu schaffen, das war ihr klar, ein Ding der Unmöglichkeit. Und doch wusste sie, dass sie gar keine andere Wahl hatte.

«Hat es dir die Sprache verschlagen? Wieso gibst du mir keine Antwort?» Nicoles Stimme holte Sabrina wieder in die Realität, in die brutale Gegenwart zurück. «19 Uhr bei uns im Büro, Deal or No Deal?»

«Ja, 19 Uhr, das geht in Ordnung.»

«Bye, bye, bis bald.»

Um 18.51 Uhr fuhr der Zug mit Sabrina im drittvordersten Wagen in den Bahnhof von Zug ein. *Mit dem Zug nach Zug, ist eigentlich ein witziger Spruch, wäre vielleicht noch ein guter Werbeslogan,* so dachte sie sich, als sie bereits sprungbereit an der Ausgangstüre stand. Sie musste selbst etwas schmunzeln ob ihres gedanklichen Wortspiels. *Mit dem Zug nach Zug, das muss ich mir merken.* Dabei war es ihr überhaupt nicht ums Lachen zumute, als sie auf die Bahnhofsuhr blickte. Neun Minuten vom Bahnhof bis zum Geschäftshaus von ermodcast.ch in der Altstadt. War das zu schaffen? Mit ihren roten High Heels natürlich ein mehr als aussichtsloses Unterfangen, aber für diesen Zweck trug sie auch ihre vor einer Woche gekauften Turnschuhe. Ein Schnäppchen für 19.90 Schweizer Franken in einem Online-Versandhandel, da musste sie ganz einfach zugreifen. Mit Riesenschritten eilte sie an den vielen Leuten im Bahnhof Zug vorbei. Es war einerseits Feierabendverkehr, andererseits waren ja auch Sommerschulferien. Daher gab es viele Familien mit Kindern, die den Bahnhof säumten. «Tschuldigung, sorry, tut mir leid, war keine Absicht», hörte sie sich immer wieder sagen, wenn sie beim rasanten gehen jemanden anrempelte. Siebenmeilenstiefel hätte sie sich anziehen sollen, um das Ziel rechtzeitig zu erreichen, aber so etwas gibt es halt nur in den Träumen, Märchen oder in Schlagerliedern. So sehr sie sich auch bemühte und beeilte, so schaffte sie es trotzdem nicht rechtzeitig am vereinbarten Treffpunkt zu sein. Der Blick auf ihr Mobiltelefon zeigte ihr, dass es bereits 19.05 Uhr war, als sie an der Stampflistrasse angekommen war. «Mist, verdammter Mist», entfuhr es ihr laut, als sie mit dem Lift nach oben fuhr und dabei ihre Turnschuhe in eine Tüte versorgte und ihre High Heels anzog. *Dieser Scheisslift wird auch immer langsamer! Mit meinem Glück bleibt er noch stecken!* «Du bist leider zu spät gekommen, Darling», Nicole empfing sie freundlich, aber distanziert. «Etwas musst du dir merken, einprägen in deinen Kopf, Pedro Alvare ist ein Pünktlichkeitsfanatiker. Nichts hasst er so sehr wie Unpünktlichkeit. Das sag ich dir nur einmal, schreib es dir hinter deine Ohren! Okay, Sabrina-Maus?»

«Es tut mir leid, aber ich habe es wirklich nicht früher geschafft.» *Und hör bloss auf mit diesem blöden Sabrina-Maus, was soll das? Ich bin keine Maus, und deine schon gar nicht!* «Papperlapapp und einerlei, jetzt bist du ja da. Das erste Mal wird der Boss schon noch ein Auge zudrücken, das ist nicht weiter schlimm, so hoffe ich wenigstens für dich. Mister Alvare ist heute bester Laune, das ist nicht immer so, da wird deine Verspätung wohl schon toleriert werden.» Nicole ging voran und Sabrina folgte ihr bis zu einer Türe, die mit «Pedro Alvare, CEO», angeschrieben war. Nicole klopfte an die Türe, öffnete diese und spähte hinein. «Sabrina Eckert ist nun hier.»

«Okay», mehr war nicht aus dem Büro zu hören. Nicole öffnete die Türe ganz und machte Sabrina ein Zeichen, sie solle doch eintreten. Dieser Aufforderung leistete Sabrina denn auch Folge, während Nicole hinter ihr die Türe schnell wieder zumachte und entschwand, jedoch nicht bevor sie Sabrina noch ein «Viel Glück, Sabrina-Maus» ins rechte Ohr flüsterte.

Maus, Maus, ich hör immer nur Maus! Die macht mich noch wahnsinnig mit ihren Mäusen! Mit etwas zögernden Schritten näherte sich Sabrina ihrem neuen Boss, von dem sie schon so einiges gehört hatte. Nun sah sie ihn also zum ersten Male mit eigenen Augen. Sie war ein wenig enttäuscht, sie hatte sich einen gepflegteren Geschäftsmann vorgestellt. Was Sabrina als erstes auffiel, waren seine tätowierten Arme und die langen Haare, die er zu einem Pferdeschwanz zusammengebunden hatte. Alvare war offenbar in eine Arbeit vertieft, zumindest machte dies den Anschein, denn sein Blick war auf den Bildschirm seines Computers gerichtet.

Sabrina blickte sich um, wie ein Büro einer Modellagentur kam ihr der Raum gar nicht vor. Die Wände waren mit Ausnahme eines Playboy-Kalenders kahl und leer. Die dunkelorangen Vorhänge vor den Fenstern waren zugezogen. Vermutlich um Pedro Alvare bei der Arbeit am Bildschirm nicht durch das Tageslicht zu irritieren. Als der

Mann, der ihr Arbeitgeber werden sollte, keine Absicht vermuten liess, sich seinem Gast zuzuwenden, wagte es Sabrina Eckert sich leise zu räuspern.

Fünf, zehn, fünfzehn Sekunden vergingen, Sabrina wurde je länger je ungeduldiger. *Was erlaubt sich der Typ eigentlich? Da bestellt er mich umgehend hierher, ich hetze bis ich fast tot umfalle, und nun lässt er mich warten und nimmt keine Notiz von mir. Das ist ja ein richtiger arroganter Macho!* Schon wollte sie ihren Gedanken freien Lauf lassen, da endlich geruhte Pedro Alvare seinen Kopf zu heben und in die Richtung von Sabrina zu schauen. *Glatt wie ein Aal, falsch wie eine Schlange,* so dachte sie sich beim ersten Zusammentreffen der Blicke.

«Schön, dass du endlich da bist Sabrina, freut mich, dich nun persönlich kennenlernen zu können.» Pedro Alvares braune Augen fixierten Sabrina, sie glitten an ihrem Körper entlang und sie fühlte sich, als wäre sie nackt, seinen gierigen, lüsternen Blicken ausgesetzt.

«Ich, ja ... Sie haben mich herbestellt, Herr Alvare. Und ja, also hier bin ich nun.» *Sei nicht so nervös, du dumme Kuh!* «Warum so förmlich, nenn mich einfach Pedro. Alle meine Models nennen mich Pedro, das ist einfacher.»

«Pedro, okay, ich heisse Sabrina.»

«Ich weiss», Pedro lächelte sie an. Doch es war kein warmes herzliches Lachen, auch wenn sich Pedro wohl die grösste Mühe dazu gab, so fühlte sich sein Lachen an, als würde es aus der klirrenden Kälte Sibiriens kommen. Nun endlich stand er auf, kam auf sein neues Fotomodell zu und gab ihr die Hand. «Setz dich doch bitte.»

Sabrina blickte sich um, wo sollte sie sich denn hinsetzen? Ach, da in der Ecke stand doch tatsächlich ein kleiner runder Tisch mit zwei Stühlen. Und wirklich, in diesem Moment ging Pedro auch schon voran und setzte sich an den Tisch. «Etwas zu trinken?»

«Nein, danke.» Sabrina setzte sich auf den noch freien Stuhl.

Pedro schaute sie durchdringend an und rückte etwas näher an sie heran. «Hübsches Kleid.» Sein Knie berührte das ihre, was ihr mehr als unangenehm war.

«Danke», sagte sie beklemmt, während sie ihr Knie langsam an sich heranzog.

Pedro quittierte dies mit einem missbilligenden Blick und nahm eine Dokumentenmappe zur Hand, öffnete sie und schaute nochmals die Bilder an, die der Fotograf Kudi Roggenmoser beim Casting von Sabrina geknipst hatte. Abwechselnd glitten seine Augen von den Fotos zu Sabrina und zurück. Das Glitzern und Funkeln seines Blickes gefiel Sabrina gar nicht und wenn sie Pedros Gedanken gekannt hätte, dann wäre ihr auch klar gewesen warum. In Gedanken stellte sich Pedro die zierliche Sabrina vor, wie sie sich beim Liebesspiel unter ihm stöhnend räkelte, während er sein starkes Stück immer und immer wieder mit grosser Wucht unbarmherzig in sie stiess. *Ja, dieses Weibsstück werde ich mir nehmen.* Doch zunächst musste das Geschäftliche erledigt werden. «Deine Fotos haben mir wirklich sehr, sehr gut gefallen. Du hast das gewisse Etwas, das die Männer lieben und sie zum Wahnsinn treibt.»

«Ich hoffe nicht nur die Männer, denn schliesslich werde ich ja Frauenmode zeigen. Das heisst, ich sollte doch auch den Frauen gefallen.»

«Köstlich, dein Humor. Ich hab' mir gleich gedacht, dass wir viel Spass zusammen haben werden. Hier habe ich deinen Vertrag vorbereitet. Lies ihn doch mal durch und dann unterzeichne ihn hier.» Mit einem vielsagenden Lächeln reichte Pedro Sabrina ein Dokument in zweifacher Ausfertigung und einen vergoldeten Kugelschreiber mit den Initialen PA.

«Oh, so ein ausführlicher Vertrag.»

«Du musst nicht alles durchlesen, das Kleingedruckte ist reine Formsache. Du kennst das ja, es muss einfach drinstehen, obwohl sich kein Schwein, pardon, kein Mensch dafür interessiert.»

«Hmhm …», Sabrina begann zu lesen, doch schon zeigte sich Pedro Alvare ungeduldig. «Hier ist wie gesagt deine Unterschrift vorgesehen.» Schnell blickte er auf seine Uhr, die Sabrina unsagbar kostbar erschien. «Oh, wie dumm von mir, ich habe ganz vergessen, dass ich noch einen anderen Termin habe. Hier unterschreib doch bitte und dann wirst du alles Weitere von meiner Sekretärin erfahren. Sie wird dich jeweils anrufen, wenn wir einen Auftrag für dich haben. Hier ist deine Unterschrift vorgesehen, das habe ich dir ja schon gesagt.»

«Das mit dem Honorar, das ist mir nicht ganz klar. Irgendwie ist das etwas kompliziert.»

«Ach weisst du Sabrina, das klärst du am besten mit Nicole. Sie ist Gold wert, wenn du weisst was ich meine. Sie kennt sich mit all den Sachen bestens aus.»

«Okay», schnell setzte Sabrina ihre Unterschrift unter die beiden Vertragsdoppel und reichte sie beide zurück an Pedro Alvare, der sie mit flinken Fingern entgegennahm. «Hier, ein Exemplar ist für dich.»

«Danke», Sabrina nahm das Dokument an sich, faltete es in der Mitte und steckte es in ihre knallrote Handtasche. *Jetzt bin ich ein Fotomodell. Ja ich habe es geschafft, den Vertrag werde ich mir bis ans Lebensende aufheben.* «Aber jetzt musst du mich wirklich entschuldigen, ich habe wie bereits erwähnt noch einen wichtigen Termin.» Bereits stand Pedro auf seinen schlanken Beinen, die Sabrina aufgrund ihrer Länge fast wie Stelzen vorkamen. Mit schnellen Schritten eilte er zur Türe, öffnete sie und reichte Sabrina die Hand. «Hat mich gefreut dich kennen zu lernen. Es ist mir ein Vergnügen und auch eine Ehre, dich nun bei ermodcast.ch unter Vertrag zu haben. Bestimmt werden wir noch viel Freude zusammen haben.»

«Ich freue mich auch auf unsere Zusammenarbeit. Mit diesem Job geht für mich ein Traum in Erfüllung. Fotomodell wollte ich schon immer werden.»

«Wollen das nicht alle Frauen? Nun, dann hoffen wir doch, dass aus dem Traum kein Schaum wird, nicht wahr?»

«Wie bitte?»

«Ach, war nur ein kleiner Scherz von mir. Tschau Bella Sabrina, du wirst von mir hören.»

«Tschüss Pedro.» Sabrina drehte sich um und schritt die Diele zurück zu Nicole.

Pedros lüsterner Blick begleitete Sabrina und seine perversen Gedanken liessen seinen besten Kumpel in seiner Hose innert Sekunden zu einem Monster anschwellen: *Oh Baby, ich werde dich von hinten rammeln wie ein wild gewordener Stier. Du sollst abwechselnd voller Wollust und Schmerzen schreien. Und wenn du nicht freiwillig mitmachst, dann wirst du mich und meine Methoden schon noch kennenlernen. Dein Arsch, dein verdammter geiler Arsch, der gehört mir! Ich werde ihn aufbohren und zurammeln.*

9 (Mittwoch, 24. April 2013)

Petra Neuhaus durchstöberte an ihrem Arbeitstisch zum wiederholten Male die gesammelten Notizen zum Mordfall «weisse Rose». Dies tat sie mit einem kleinen Anflug von Mutlosigkeit, einem Gefühl von Leere und Ohnmacht. Nach der letzten Nacht und dem, für sie so furchtbaren und vor allem schwer zu verstehenden Alptraum, fühlte sie sich nur noch als halber Mensch, wenn überhaupt. Ihre Motivation hielt sich wahrlich in Grenzen. *Wann habe ich denn meinen nächsten Termin bei meiner Psychotherapeutin?* Ein Blick in ihre Agenda sagte der Kommissarin, dass dies noch zwei Wochen dauert. *Kann ich wirklich noch so lange warten? Diese verdammten Depressi-*

onsschübe bringen mich noch um. Das wäre vielleicht eh das Beste, das ich machen kann. Einfach alles beenden, aber dazu fehlt mir der Mut, ich bin ein weiblicher Schlappschwanz! Genau das bin ich, jawohl. Ich könnte ja auch mal mit Susanne sprechen, die ist ja schliesslich Psychologin. Aber soll ich wirklich Berufliches mit Privatem vermischen? Ach, im Moment ist einfach alles vollscheisse! Sie blickte lange und intensiv die Fotos an, die am Tatort gemacht wurden. Es gab einfach nichts was sie weiterbringen konnte. Hatte sie denn irgendetwas übersehen?

Also, was haben wir denn bis jetzt? Nicht sehr viel, eigentlich wenig bis gar nichts. Wir wissen nun wie du heisst und dass du als Fotomodell gearbeitet hast. Aber für wen hast du gearbeitet Sabrina, wieso hast du deinen Eltern das denn nicht erzählt? Wieso hat man dich umgebracht und dich in den Wald von Laufenburg geschafft? Du hast ja am Hallwilersee gewohnt, welche Verbindung hattest du zu Laufenburg? Nur ein Zufall, dass wir dich in Laufenburg gefunden haben? Quatsch, ich glaube nicht an Zufälle, alles hat einen Grund, einen tieferen Sinn. Sabrina, was hast du getan, oder soll ich eher sagen, was hast du eben nicht getan, dass du getötet wurdest? Und diese weisse Rose auf deinem Hinterteil? Was soll uns dieses Zeichen mitteilen? Sag mir Sabrina, was ist das Geheimnis der weissen Rose, ich muss das wissen! «Hallo Petra.» Erwin Leubin trat mit schuldbewusstem Blick ins Büro. «Entschuldige bitte, dass ich erst jetzt komme, aber du weisst ja wie das ist mit den kleinen Kindern.»

Nein, das wusste Petra natürlich nicht, woher denn auch. Sie konnte es selbstverständlich erahnen, aber das war ihr so etwas von egal, vor allem nach der letzten Nacht. «Dir ist schon klar, dass wir uns mitten in intensiven Ermittlungen eines Mordfalls befinden?»

«Du Petra, ja schon, aber Patricia war letzte Nacht einfach überfordert mit der Kleinen. Da habe ich mich halt geopfert, damit sie etwas schlafen konnte. Ich bin ja schliesslich auch Vater, nicht nur Polizist.»

Petra schaute ihren Arbeitskollegen vorwurfsvoll an, ohne den kleinsten Hauch eines Mitgefühls. *Was soll das Gejammer mit diesem unschuldigen und treuherzigen Dackelblick? Beim Erzeugen warst du ja wohl auch mit Feuer und Flamme dabei. Ach, Männer! Wieso muss ich immer die Starke sein, oh, ich hab' das so satt!* Sie stand auf, trat mit langsamen Schritten zum Fenster und schaute hinaus. «Weisst du Erwin, ich habe auch eine verdammt schlechte Nacht gehabt. Und doch war ich wie immer pünktlich hier im Büro. Und weisst du auch warum? Ich will dir sagen warum. Weil vor noch nicht mal zwei Tagen eine junge Frau sterben musste und wir noch immer keine Ahnung haben weshalb. Wir haben nicht die leiseste Spur. Dort draussen läuft irgendwo ein Mann oder eine Frau herum, der oder die Sabrina ermordet hat. Und vielleicht gibt es schon bald ein nächstes Opfer, wer weiss das schon. Deshalb bin ich heute pünktlich zur Arbeit gekommen. Ich will, dass wir diesen Scheisskerl fassen, ich will ihn vor mir winseln sehen. Auf dem Boden soll er liegen und um Gnade betteln, aber er wird keine Gnade bekommen, von mir nicht! Hast du das verstanden? Es ist unsere verdammte Pflicht diesen Schweinehund dem Richter vorzuführen. Und bis wir ihn haben, bist du in erster Linie Polizist und erst dann Vater. Schreib dir das ein für alle Mal hinter deine Ohren! Hast du mich verstanden?»

«Ja, ist gut Petra, ich werde mir Mühe geben, dass es nicht mehr vorkommt.»

«Nein Erwin, du wirst dir nicht einfach nur Mühe geben. Es wird nicht mehr vorkommen! Verstanden?», fauchte Petra ihren Kollegen an wie eine Wildkatze.

«Ja, verstanden», liess Erwin kleinlaut von sich hören. Und dann nach einer kurzen Pause: «Vielleicht sind wir bislang von einer falschen Voraussetzung ausgegangen. Es kann ja sein, dass es sich hier doch um ein Beziehungsdrama handelt.»

«Oh nein, es ist kein Beziehungsdelikt, da bin ich mir hundertprozentig sicher. Es muss mit ihrem Job als Fotomodell zusammen-hängen, aber solange wir nicht wissen für wen sie gearbeitet hat, bringt uns das auch nicht weiter. Wir werden heute Morgen das Zimmer von Sabrina untersuchen, ich habe ihrer Mutter bereits Bescheid gesagt, dass wir kommen. Ich hoffe, dass wir dort etwas finden werden, das uns weiterbringen wird.»

«Okay, wann geht's los?»

«Sobald du einen Kaffee getrunken hast und wieder wie ein normaler Mensch in die Welt schaust. Und noch was, mein lieber Erwin.»

«Ja?»

«Es gibt Männer, denen ein Dreitagesbart durchaus steht und die dadurch attraktiv aussehen. Aber bei dir kommt eh nur Flaum und Gestrüpp, also hau das Zeug weg!»

Kurz nach elf Uhr klingelten der frisch rasierte Erwin und die nicht mehr ganz so müde Petra beim Einfamilienhaus der Familie Eckert, nein beim Ehepaar Eckert, denn eine Familie waren sie ja jetzt ohne Sabrina genau genommen nicht mehr.

«Warum macht denn niemand auf? Ich habe uns doch angemeldet.» Petra schaute auf die Uhr und dann blickte sie in den gepflegten Garten des Hauses. *Ein Einfamilienhaus mit Garten, der Traum vieler Menschen. Warum lebe ich eigentlich immer noch in so einer alten Mietwohnung? Ich könnte mir doch ohne weiteres ein Haus leisten. Aber alleine? Das macht doch keinen Sinn. Ich glaube, eine Mietwohnung ist für mich einfach das bequemste. Aber eine Eigentumswohnung mit einer schönen grossen Terrasse, das wäre doch was für mich.* Petra musste sich konzentrieren, immer wieder schweiften ihre Gedanken ab. Oft führte dies zu schwerer Melancholie und tiefen Depressionen. *Am besten, so wenig wie möglich über den Sinn oder den Unsinn des Lebens nachdenken, dann geht es mir bedeutend besser. Sonst habe ich wieder Existenzängste.* Langsame dumpfe Schritte waren im Innern des Haues zu hören. Schritte, die sich der Eingangstüre näherten, beinahe schleppend wirkten diese auf die beiden Wartenden. Petra hörte, wie im Innern der Riegel zurückgeschoben wurde und dann war zu vernehmen, wie der Schlüssel im Schloss gedreht wurde. Einen Spalt nur wurde die Türe zunächst mal geöffnet.

«Ach Sie sind das, guten Tag.» Die Türe wurde nun von Sabrinas Vater Anton geöffnet und er liess die beiden Polizeibeamten ins Hausinnere. «Entschuldigen Sie bitte, dass ich nicht sofort an die Tür gekommen bin. Ich war bei meiner Frau. Sie ist im Bett, es geht ihr nicht gut, müssen Sie wissen.»

«Das geht schon in Ordnung. Wir werden Sie so wenig belästigen wie nur möglich. Wir hoffen, dass wir im Zimmer von Sabrina etwas finden, das uns weiterbringen wird.» Petra hätte gerne noch mit Sabrinas Mutter gesprochen, aber in deren Gemütszustand wollte sie sie lieber nicht auch noch beanspruchen. *Man soll die Trauernden trauern lassen.* «Kommen Sie bitte mit, Sabrinas Zimmer ist … war im ersten Stock.»

Anton Eckerts Füsse schienen aus Blei zu sein, nur sehr langsam ging er über die Treppe in den ersten Stock den beiden Polizeibeamten voran. Es war förmlich spürbar für Erwin und Petra, wie schwer es für ihn war, diesen für ihn so bekannten Weg zu gehen. Im oberen Stockwerk angekommen, zeigte der gebrochene Mann auf eine Türe am Ende der Diele. «Da vorne ist das Zimmer, bitte verzeihen Sie mir, wenn ich nicht mitkomme. Ich muss mich wieder um meine Frau kümmern.»

«Schon gut, wenn wir etwas benötigen, so werden wir uns melden.» Petra wusste sehr wohl, dass der Mann eine Ausrede suchte, um ja nicht in die Nähe von Sabrinas Zimmer zu gelangen, geschweige denn, es betreten zu müssen. Bis ihm dies wieder möglich war, da brauchte es noch eine ganze Weile, was sie durchaus nachvollziehen konnte.

Das Zimmer, in das Petra und Erwin nun mit neugierigem Blick traten, machte auf die beiden einen ganz normalen Eindruck. Links ein Bett mit einem neutralen Bettanzug in Dunkelblau, daneben ein Nachttisch auf dem sich Wecker, Handcreme, Taschentücher und ein Porzellanengel befanden. Über dem Nachttisch ein Fenster, dessen Fensterläden geschlossen waren. An der gleichen Wand wie das Bett stand ein dreitüriger Kleiderschrank. Auf der gegenüberliegenden Wand gab es noch ein Bücherregal und einen Schreibtisch. Frontal zur Eingangstüre war ein grosses Fenster mit Blick auf den Hallwilersee. Die Wände schmückten einige Bilder, die aber weder eindrucksvoll noch langweilig waren. Petra schien etwas enttäuscht zu sein: «Ein Zimmer wie es Hunderttausende andere auch gibt. Ist das alles?»

«Was hast du denn erwartet», meinte Erwin.

«Keine Ahnung! In den Kriminalfilmen entdecken die Ermittler doch meist sofort etwas eigenartiges, Mysteriöses im Zimmer des Opfers. Etwas, das ihnen weiterhilft, sie auf eine Spur bringt. Aber hier ist alles ganz einfach normal.» Es ergab sich nichts, also auch keinen Grund länger zu bleiben.

«Du fährst zu schnell!»

«Ach, Scheiss drauf, wir sind doch von der Polizei.» Petra drückte vehement aufs Gaspedal, sie musste ihren Frust loswerden, auch wenn dies Erwin überhaupt nicht passte. Sie konnte nicht verstehen, weshalb sie im Zimmer von Sabrina nichts finden konnten, das ihnen weiterhelfen konnte. «Das Zimmer ist klinisch rein, als wäre jemand vor uns da gewesen, um alle Spuren zu vernichten, die auf den Täter hätten hinweisen können.»

«Aber wir haben keinen Anhaltspunkt gefunden, dass das Zimmer bereits untersucht worden ist. Sabrinas Eltern hätten bestimmt bemerkt, wenn bei Ihnen eingebrochen worden wäre, oder meinst du nicht auch?»

«Es gibt Momente, da möchte ich am liebsten einfach alles hinschmeissen. Kennst du das Gefühl?»

«Ja sicher, das haben wir doch alle mal.»

«Ich hab's aber öfter als du! Das kann ich dir garantieren, zu hundert Prozent.»

Die Reifen quietschten als Petra vor einem Lichtsignal, das auf Rot wechselte, bremsen musste. «Ich werde diesen Saukerl erwischen!»

«Du sprichst je länger je mehr von einem Mann als Täter. Bist du dir denn da so sicher?»

«Sicher? Ja, verdammt, ich bin mir sicher, ich spüre es förmlich in mir.» Das Lichtsignal wechselte auf Grün und Petra drückte mit Nachdruck aufs Gaspedal. Man hätte meinen können, sie wolle das Pedal durch den Autoboden hindurch ins Freie drücken.

«Zahlst du die Geschwindigkeitsbussen?»

«Nein, die werde ich dem verdammten Täter in den Arsch stecken, ihn mit Benzin übergiessen und dann anzünden! Und wenn er sich brennend vor mir am Boden windet, so werde ich ihn fröhlich angrinsen. Sein Körper wird vor mir in Flammen aufgehen und ich werde um ihn herumtanzen wie um einen Totempfahl.»

«Jetzt einfach mal schön easy, okay Petra? Vielleicht finden unsere Experten ja etwas auf Sabrinas Computer, den wir mitgenommen haben.»

«Ja, wenn du meinst.»

«Das tönt nicht wirklich überzeugend.» Zum wiederholten Male schielte Erwin verstohlen auf den Tacho des Autos, das, von Petras Aggressionen gelenkt, dahinraste. «Weisst du was mein Fahrlehrer einst gesagt hat?»

«Nein, was denn?», kam die schnelle und überaus schroffe Antwort.

«Wenn du dich unbedingt umbringen willst mein Junge, so mach es bitte ohne mich.»

«Ist ja schon gut, Erwin, es tut mir leid. Aber irgendwie habe ich das Gefühl, die Sache läuft mir aus dem Ruder, alles geht hier zu langsam und das macht mich schier wahnsinnig.» Sie drückte wieder vehement aufs Gaspedal und sagte: «Nur Fliegen ist schöner!»

10 (Oktober 2012)

«Und hier sehen Sie nun unsere verführerische Sabrina in einem gewagten Abendkleid in Rubinrot. Sabrina bei ermodcast.ch, ein neuer funkelnder Stern am Modefirmament.» Die Stimme aus dem Lautsprecher verstummte, die Damen und Herren im Saal des Blauen Hirschen blickten gespannt auf den Laufsteg. «In the Summertime» von Mungo Jerry begleitete Sabrina, wie sie leicht wie eine Feder tänzelnd, beinahe schon schwebend, im blitzenden Scheinwerferlicht auftauchte. Ein Raunen ging durch die Menge, was für ein wunderbarer Anblick, was für ein wundervolles Kleid, was für eine wunderschöne Frau! «Beachten Sie den gewagten Schnitt des Abendkleides. Damit sind Sie, werte, geschätzte Damen, der Mittelpunkt jedes Festes. Und wenn Ihre Dame mit diesem Kleid erscheint, meine verehrten Herren, so wird man Sie bis aufs Innerste beneiden.» Zufrieden schaute aus dem Hintergrund Pedro Alvare zu, wie seine Neuentdeckung einschlug wie eine Bombe und die männlichen und weiblichen Zuschauer gleichermassen zu begeistern vermochte.

Einer Gazelle gleich schritt Sabrina an den in die Hände klatschenden, begeistert blickenden Gästen vorbei. *Geschafft, ich habe es geschafft, ich bin auf dem Laufsteg. Und der Laufsteg wird für mich unendlich lange sein. Jetzt kann mich nichts und niemand mehr aufhalten!* «Als Nächste sehen Sie nun …» Doch was jetzt kam interessierte Sabrina nicht, denn sie war es, die im Mittelpunkt stand und dies auch verdiente.

«Ja, ja, ja!» Sabrina stürmte in die Garderobe. Völlig aufgelöst und euphorisch umarmte sie ihre Kollegin Cécile Kleiner, die beinahe zu Boden fiel, so stürmisch ging Sabrina auf sie zu. «Hast du gesehen und gehört Cécile, wie frenetisch die Leute geklatscht haben? Ich bin grandios angekommen! Es ist einfach atemberaubend, ich bin überglücklich!» Cécile war 21 Jahre alt, und sie war bereits seit knapp drei Jahren bei ermodcast.ch unter Vertrag. Sie freute sich ehrlich mit Sabrina, doch sie strich nachdenklich durch ihre langen schwarzen Haare und sagte mit Nachdruck: «Bleib nur schön auf dem Teppich Baby. Das Showgeschäft ist knallhart, heute bist du beliebt und ganz weit oben, morgen schon verhasst und tief in der Gosse unten. Vergiss das bitte nie.»

«Jaja, schon gut, du kannst dich wieder beruhigen. Bist du vielleicht neidisch auf mich?»

«Quatsch, das habe ich doch gar nicht nötig. Ich will dir nur sagen, dass halt nicht alles Gold ist, was glänzt.» Das hatte Cécile bereits zur Genüge am eigenen Leib gespürt. Wenn Pedro sich was in den Kopf gesetzt hatte, so war er durch nichts davon abzubringen.

Cécile war in den letzten Wochen zu einer guten Freundin von ihr geworden und Sabrina wusste, dass sie es nur gut meinte mit ihren Ratschlägen. «Na klar, das weiss ich doch.» Sie umarmte ihre Freundin und drückte sie fest an sich.

Cécile löste sich und schaute ihre Freundin an. «Komm doch nach der Show noch zu mir, ich wohne ja gleich um die Ecke an der

Gerbergasse. Dann können wir zusammen ein Glas Sekt trinken und auf deinen Erfolg anstossen.»

«Ohja, das machen wir!», und schon wieder wurde Cécile von Sabrina in ihrem Freudentaumel umarmt und liebkost.

Die Garderobentüre wurde mit einem Ruck geöffnet und Nicole Schmidlin glitt hinein. «Fertig mit dem Rumgedrücke, ihr seid doch keine Lesben. In fünf Minuten alle auf dem Laufsteg zur grossen Schlussoffensive! Heizt dem Publikum nochmals tüchtig ein, my sweet Girls!»

«Just a Gigolo», in einer Version von David Lee Roth erklang überlaut aus den Lautsprechern und die Fotomodelle wussten alle, dass nun Pedros grosser Auftritt kam. Immer mit diesem Lied trat Pedro Alvare auf den Laufsteg und präsentierte die einzelnen Modelle wie bei einer Oscar-Verleihung.

«Aus dem idyllischen Hallwilersee ist sie wie eine Meerjungfrau aufgetaucht und aufgebrochen, um uns in die grosse weite Welt der Mode zu verführen.» Pedro Alvare in einem eleganten weissen Anzug spielte seinen ganzen Charme aus. Wohl nur wenige Personen im interessierten Publikum konnten erahnen, dass hinter dieser Vorzeigemaske ein knallharter, eiserner Typ steckte, der vor nichts, aber auch vor gar nichts zurückschreckte, um seine Ziele zu erreichen. «Hier ist sie: Sabrina Eckert in einem türkisfarbenen Abendkleid von Boucheron. Lassen Sie sich entzücken von ihrer angeborenen Schönheit.»

11 (Donnerstag, 25. April 2013)

«Ulrich, was machst du denn hier?» Petra Neuhaus glaubte ihren eigenen Augen nicht zu trauen. Seit ihrer Trennung vor acht Jahren hatte sie mit Ulrich kein einziges Wort mehr gesprochen. Ab und zu sahen sie sich beim Einkaufen oder sonst irgendwo rein zufällig, das war nicht zu umgehen, da beide in der gleichen Stadt arbeiteten, aber das geschah immer möglichst wort- und emotionslos. Höchstens mal ein kurzes unvermeidliches «Hallo», das war auch schon das absolut höchste der Gefühle. Und nun stand er tatsächlich leibhaftig da am Eingang des Polizeikommandos in Aarau und wartete offenbar auf jemanden, etwa auf sie? Das konnte doch gar nicht sein. Früher, ja früher, da hatte sie Ulrich oft von der Arbeit abgeholt. Damals hatte sie das sehr geschätzt und es hat ihr auch geschmeichelt, aber was sollte das jetzt?

Ulrich Zumsteg war zwei Jahre älter als Petra und er stammte aus dem Mettauertal, das am hintersten Ende des Kantons Aargau lag, so zumindest war Petras Meinung über Ulrichs Herkunft. Als sie zum ersten Mal in Ulrichs Elternhaus zu Besuch war, da hatte sie das Gefühl, am Ende der Welt angelangt zu sein. Dies war aber natürlich nur ihre ganz persönliche Meinung, die sie gegenüber Ulrich so nie offenbarte. «Ich bin rein zufällig hier vorbeigekommen und habe gedacht, ich könnte ja mal schauen, ob du an der Arbeit bist. Ja, und da bist du auch gleich um die Ecke gekommen.»

«Rein zufällig? Es gibt keine Zufälle, vor allem nicht bei dir. Du bist doch von Kopf bis Fuss durchgeplant und durchorganisiert.

Denn schliesslich bist du von uns beiden doch der absolut hundert-prozentige Perfektionist, nicht wahr?» *Was mache ich hier eigentlich? Ich spreche doch tatsächlich mit diesem Verräter, dabei habe ich mir geschworen, dies nie wieder zu tun. Aber Ulrich sieht eigentlich ganz gut aus, er hat eine neue Frisur, die macht ihn um einiges jünger. Eigentlich ist das ja gar keine Frisur, nein, einfach ein Bürstenschnitt, etwa fünf Millimeter denke ich mir. Oh, Ulrich, was ist bloss aus uns geworden? Was haben wir denn mit unserer Liebe, mit unserem Leben angestellt?*

«So, du meinst es gibt keine Zufälle bei mir? Nun, dann will ich ehrlich zu dir sein, Petra.»

Ehrlich, du, jetzt so plötzlich? Petra ging immer mehr in Abwehr-haltung. Ihr Magen zog sich förmlich zusammen, ein untrügliches Zeichen ihres Unbehagens.

«Letzte Nacht habe ich von dir geträumt. Der Traum hat mich ziemlich aufgewühlt und ich habe den ganzen Tag nur noch an dich gedacht. Und hier bin ich nun, ich möchte wissen wie es dir geht.»

«Wie es mir geht? Das willst du doch gar nicht wissen, du musst dich nicht bei mir einschmeicheln. Das bringt überhaupt nichts. Aber weisst du Ulrich, ich habe vorletzte Nacht auch von dir ge-träumt, es war ein absolut verrückter Traum. Eigentlich schon merk-würdig, nicht wahr?»

«Dann wohl doch ein Zufall.» Ulrich lächelte Petra an, es war das Lächeln, das sie seit acht Jahren vermisste, auch wenn sie es nicht wahrhaben wollte und niemals zugeben würde. «Hast du Zeit für einen Kaffee?»

«Du fragst mich allen Ernstes, ob ich Zeit für einen Kaffee habe, nach acht Jahren, nach allem was geschehen ist?» In Petra begann wieder all die unbändige Wut aufzusteigen, die sie vor acht Jahren gegenüber Ulrich empfand. «Sollen wir vielleicht von alten Zeiten sprechen? Von dem was geschah? Und wie es geworden wäre, wenn wir zusammengeblieben wären?»

Ulrich sah seine einst so grosse Liebe an, ein Verlangen nach mehr lag in seinem Blick: «Hmh, warum eigentlich nicht?»

Petras sonst so sinnliche Lippen zogen sich zu einem schmalen strengen Strich zusammen. *Was bildet der sich eigentlich ein? Dass ich ein kleiner Wurm bin, der ihm in den Arsch gekrochen kommt? Da kann er aber lange warten!* «Vergiss es, erstens habe ich keine Zeit und zweitens auch wirklich keine Lust.» Wortlos und ohne Ulrich auch nur noch eines Blickes zu würdigen schritt Petra an ihm vorbei. *Das glaubt mir kein Mensch, so was.* Hastig zog die genervte Kommissarin das Zigarettenpäckchen aus ihrer Tasche. Einen Sekundenbruchteil blieb sie stehen, um sich eine Zigarette anzuzünden, bevor sie eilends weiterlief und den Zigarettenrauch gierig in ihre Lunge zog.

Ulrich blickte ihr nachdenklich und mit etwas Melancholie nach. *Sie raucht immer noch, ich habe es sofort bemerkt. Warum bloss Petra, damit machst du doch so viel kaputt.* Eine knappe Stunde später lag Petra auf ihrem Sofa in ihrer Viereinhalbzimmerwohnung, unweit entfernt von der Stadt Aarau. Ihr Blick schweifte hinaus in Richtung des nahen Waldes. Die Balkontüre hatte sie geöffnet und sie hörte die Kirchenglocken schlagen. *Fünf Uhr, erst fünf Uhr und ich bin schon Zuhause. Aber was soll ich denn noch im Büro, wir drehen uns sowieso nur im berühmten Kreis. Wir kommen einfach nicht weiter. Im Fernsehen oder im Kino, da geht es immer einfacher und schneller. Ruckzuck und die Täter sind gefasst. Doch in der Wirklichkeit, da sieht es ganz anders aus. Die Drehbuchautoren haben ja nicht die leiseste Ahnung, wie es wirklich ist. Die Realität ist oft einfach nur beschissen.* Sie trat voller Gedanken auf den Balkon und schaute hinunter auf den Rasen. *Manchmal sollte man einfach gehen können, alles hinter sich lassen. Ein Schritt auf den Balkon und ein Sprung, nur ein kleiner lautloser Sprung, und alles ist vorbei. Oder es beginnt von neuem, wer weiss das schon. Ein Sprung ins Nichts kann ein Sprung in alles sein und das Ende wird zum Anfang, wer kann das wissen. Ich bin ein Feigling, ich werde nie springen, ich habe nicht mal den Mut, um alles zu beenden.* Sie wusste selbst nicht, wie lange sie auf dem Balkon stand und ins Nichts hinunterstarrte. Wohl ziemlich lange, denn sie hörte abermals die Kirchenglocken schlagen, diesmal sechs Mal. Unkonzentriert und wie in einem Dämmerzustand schritt sie zurück in ihr Wohnzimmer, sie trat zum Weinregal und entnahm ihm eine Flasche Rotwein. *Manchmal ist das Leben nur betrunken zu ertragen.* Einige Minuten später, als sie sich bereits das dritte Glas eingoss, fühlte sie sich wieder stärker und enger verbunden mit dem Leben, das sie führte. *Wieso wollte Ulrich einen Kaffee mit mir trinken? Will er es nochmals mit mir versuchen? Wir hatten es wirklich gut zusammen, bis er seinen verdammten Schwanz nicht unter Kontrolle halten konnte und eine Affäre begann. Dieser Arsch soll bleiben wo er ist! Eigentlich sollte man den Wein nicht alleine trinken, dazu ist er viel zu gut. Man sollte ihn mit einem Partner geniessen, oder mit einer Partnerin ... Susanne ... Ob Susanne schon Zuhause ist? Ich weiss so wenig von ihr, dabei arbeiten wir doch schon seit Jahren immer wieder zusammen.* Petra sehnte sich danach einen Körper zu berühren und vor allem selbst berührt zu werden. Ihre rechte Hand glitt unter ihren Pullover, unter ihren roten Büstenhalter und langsam begann sie ihren eigenen Busen zu streicheln. Ihre Fingerspitzen spielten mit ihren Brustwarzen, die vor Erregung anschwollen. Oh, wie gerne würde sie eine Zunge auf ihrem Busen spüren. *Was mache ich denn, bin ich schon soweit mit mir selbst Sex zu haben? Aber jeder Mensch braucht doch Sex, oder nicht? Das ist doch schon so, seit es Menschen gibt. Ob Susanne lesbisch ist?* Petra konnte selbst nicht genau sagen, was in ihr vorging. Offenbar hatte die kurze unverhoffte Begegnung mit Ulrich einiges in ihrer Gedanken- und Gefühlswelt durcheinandergebracht. Sie dachte zurück an die vielen schönen Ereignisse, die sie mit Ulrich erlebte, an gemeinsame Wanderungen und Reisen. Petra musste lächeln, als sie an ihren ersten gemeinsamen Tanzkurs dachte, wie tollpatschig er sich zunächst anstellte. *Scheisse!* Entschlossen griff sie zu ihrem Telefon und wählte Susannes Nummer. Das Telefon klingelte viermal, fünfmal, sechsmal, schon wollte Petra wieder auflegen, als sie am anderen Ende der Telefonleitung Susannes wohlklingende Stimme vernahm.

«Susanne Zimmermann.»

«Hallo Susanne, ich bin's, Petra Neuhaus.»

«Petra? Ist irgendetwas geschehen? Muss ich ins Büro kommen?»

«Nein, nein, alles okay. Oder vielleicht auch nicht, keine Ahnung … Es ist nur, ich weiss es tönt jetzt ziemlich merkwürdig, aber was machst du eigentlich so, ich meine …»

«Du willst wissen, was ich jetzt mache, Du meinst, jetzt in diesem Augenblick?»

«Ja.»

«Ich trinke gerade ein Glas Rotwein.»

«Das mache ich auch.»

«Dann haben wir ja schon mal was gemeinsam.» Susanne lachte und sie steckte damit auch ihr Gegenüber am Telefon an. «Schön, dich wieder mal Lachen zu hören, Petra.»

Petra machte es sich auf ihrem Sofa bequem, es tat ihr gut den vertrauten freundlichen Klang von Susannes Stimme zu hören. Ob Susanne ahnen konnte, weshalb Petra sie in Wirklichkeit anrief? «Im Moment ist es mir wirklich nicht ums Lachen. Wir stehen beim Mordfall *Weisse Rose* irgendwie immer noch am Start und kommen einfach nicht ins Rennen hinein. Ich habe das Gefühl, dass sich hier etwas abspielt, das ich nicht einordnen kann. Als hätte ich selbst etwas damit zu tun.»

«Das verstehe ich zwar nicht ganz, aber es tönt interessant, sehr interessant. Das müsste ich direkt mal psychologisch untersuchen.»

«Gerne, wann hast du Zeit? Ich stehe dir mit Körper und Seele zur Verfügung.» Petra erschrak augenblicklich über ihr forsches Vorgehen. *Was tue ich denn da? Ich bin ja gerade dabei mit Susanne zu flirten. Ist das nicht eine Sünde?* «Also das heisst, du musst mich nicht falsch verstehen, ich meine, also wir könnten doch mal ein Glas Wein zusammen trinken.»

«Ja Petra, sehr gerne, das machen wir. Wein ist immer gut. Was meinst du zum Samstagabend?»

Am liebsten schon heute, jetzt sofort, ich kann nicht länger warten! «Samstagabend ist super. Das passt bestens, sofern nicht irgendwas dazwischenkommt. Denn du weisst, ich bin Kriminalkommissarin.»

«Es wird schon nichts dazwischenkommen. Komm doch um sechs Uhr zu mir, ich koche uns eine Kleinigkeit und dann bin ich gespannt, deine Seele und deinen Körper kennen zu lernen. Ich freue mich darauf.» Susanne liess keinen Zweifel aufkommen, dass sie Petras Absichten durchschaut hatte. Dies zeigte sich nicht nur in dem was sie sagte, sondern vor allem wie sie es sagte, sie liess einen erotischen, lockenden Ton anklingen, während sie weitersprach. «Sicher werden wir zusammen einen wunderschönen Abend haben, meine liebe Petra.»

Ohja, das werden wir mit Bestimmtheit, dachte sich Petra, als sie aufgelegt hatte und sich genussvoll ein weiteres Glas Rotwein genehmigte, während ihre Gedanken sich bereits um den Samstagabend drehten. *Ich habe ein Date mit Susanne, sie ist also doch lesbisch. Oder vielleicht ist sie wie ich einfach nur allein, einsam und offen für etwas Neues? Wie sang einst Rudi Carrell? Lass dich überraschen! Ohja, ich werde mich von dir überraschen lassen, liebe Susanne.*

12 (Freitagmorgen, 26. April 2013)

So gut gelaunt wie schon lange nicht mehr betrat Petra an diesem warmen Frühlingsmorgen ihr Büro. Die Sonne strahlte und lachte mit ihrem euphorischen Herzen buchstäblich um die Wette. Das Telefongespräch mit Susanne verlieh ihr meterbreite Flügel und sie freute sich bereits riesig auf den Samstagabend mit ihr. Als sie am Vorabend zu Bett ging, hatte sie grosse Mühe einzuschlafen, da sie völlig aufgedreht war. Auch während der Nacht erwachte sie immer wieder und wenn es ihr doch gelang, die Augen zu schliessen, so träumte sie von Susanne. Heute fühlte sie sich so richtig gut, dies sowohl körperlich wie auch psychisch. *Die Gesundheit hängt halt doch mit der Seele zusammen. Wenn ich mich psychisch gut fühle, dann sind auch die Kopfschmerzen um einiges erträglicher.* Sie zog sich heute ihre schwarzen Lieblingsjeans an, in denen sah ihr Hinterteil so richtig knackig und geil aus. *Es kann ja sein, dass ich Susanne heute im Polizeipräsidium antreffe, da will ich doch gut aussehen. Ach, ich fühle mich wie ein Teenager vor dem allerersten Date.* «Guten Morgen Petra, es gibt Neuigkeiten im Mordfall *Weisse Rose*.» Erwin wirkte entspannter und erholter als auch schon in den letzten Tagen. Dies fiel seiner Arbeitskollegin sofort mit aller Deutlichkeit auf. *Vermutlich hat sich letzte Nacht seine Frau um den schreienden Nachwuchs gekümmert. Ist auch richtig so, Erwin muss voll konzentriert sein bei der Arbeit.* Mit einem Mäppchen voller Dokumente in der Hand schritt er in Petras Büro, die soeben ihren Computer aufstarten wollte. «Hier ist der Bericht unserer IT-Spezialisten über den Computer des Mordopfers

Sabrina Eckert.» Erwin reichte Petra die Schriftstücke und setzte sich ihr gegenüber an den Schreibtisch.

«Wurde aber auch Zeit, die Auswertung ging auch schon schneller.»

«Ja ich weiss, vielleicht sind sie …»

«Sag jetzt bitte nicht, dass sie überlastet sind. Menschenskind, es geht hier um einen Mordfall, nicht um irgendeine kleine Lappalie. Petra begann zu lesen und legte dabei ihre Stirn in Denkerfalten. «Viel ist das ja nicht, aber immerhin etwas. Wenig ist besser als gar nichts. Offenbar hat Sabrina oder eine andere Person alle Daten gelöscht, aber unsere Spezialisten haben doch etwas gefunden, sehe ich das so richtig?» Ohne eine Antwort von Erwin abzuwarten fuhr sie mit ihren Ausführungen fort: «Es wurden zwei Aufträge der Firma ermodcast. ch für Foto-Shootings gefunden, sowie einige E-Mails mit einer gewissen Nicole Schmidlin, die offenbar als Sekretärin bei dieser Firma tätig ist. Der Mailverkehr ist jedoch nicht von Bedeutung, ziemlich belangloses Zeug, so finde ich wenigstens, oder was meinst du dazu?» Wieder liess sie Erwin nicht zu Wort kommen und fuhr mit ihren Ausführungen weiter. «Ich gehe davon aus, dass du dich bereits über diese Firma ermodcast.ch erkundigt hast. Also lass hören.»

Erwin nahm einen Notizzettel zur Hand und räusperte sich, bevor er zu sprechen begann. Damit versuchte er seinen Worten mehr Gewicht, mehr Bedeutung zu verleihen. «Das Domizil der Firma ermodcast.ch ist in Zug registriert. Es gibt eine Internetseite, wobei nicht sehr viel daraus ersichtlich ist. Inhaber ist ein gewisser Pedro Alvare, der aus Uruguay stammt. Aufgrund der Website ist es so, dass es sich um eine Agentur handelt, die Fotomodelle für diverse Fotoshootings vermittelt. Aber wie seriös das ganze Unternehmen ist, kann ich wirklich nicht sagen.»

Petra stand bestimmend auf. «Na dann nichts wie los, wir fahren nach Zug. Worauf wartest du noch?»

Erwin sass noch immer auf dem Stuhl und machte nur wenig Anstalten um aufzustehen. «Sollten wir nicht zunächst die Zuger Kriminalpolizei darüber informieren?»

«Nein, nein, was die nicht wissen, das macht sie nicht heiss.» Petra hatte ihren Entschluss gefasst, davon liess sie sich nicht mehr abbringen.

«Jetzt überstürz nicht gleich alles. Ich hab' da noch was Wichtiges. Wir haben ja schweizweit nach Mordfällen mit weissen Rosen gesucht, aber nicht die leiseste Spur gefunden.»

«Ja, das stimmt. Ich habe aber auch im Ausland gesucht und nichts gefunden.»

«Dann hast du vielleicht …»

«Was habe ich, mir vielleicht nicht genügend Mühe gegeben?» Petras Stimme wurde um einiges lauter. Sie mochte es nicht, wenn ihr etwas vorgeworfen wurde, was ihrer Meinung nach nicht stimmte.

«Das habe ich nicht gesagt. Aber es gibt in der Tat zwei Mordfälle im nahen Ausland, einer im Jahre 2004 im Elsass und einer 2001 im Breisgau. Beide Male wurden die Opfer mit weissen Rosen aufgefunden. Bei dem Mädchen im Elsass lagen die Rosen in Herzform rund um das Opfer verteilt, beim Mädchen im Breisgau war es so, dass das Mädchen einen Kranz mit weissen Rosen auf ihrem Kopf trug. Und jetzt kommt das wichtigste, beide Mädchen waren Schweizerinnen, die im Ausland umgebracht wurden und beide Mädchen waren als Fotomodell tätig.»

Petra setzte sich wieder an ihren Schreibtisch. «Aber nicht etwa bei dieser Firma ermodcast.ch?»

«Nein, das nicht, die gab es damals wohl noch gar nicht. Die beiden Mädchen arbeiteten für eine Agentur in Zürich und rate mal, wer seinerzeit der Inhaber dieser Agentur war?»

Wie eine Erleuchtung überkam es Petra, sie schaute Erwin an und nannte den einzigen Namen, der für sie in Frage kommen konnte: «Pedro Alvare!»

«Genau, die Kandidatin hat hundert Punkte, ich gratuliere. Beide Mordfälle sind bis zum heutigen Tag ungeklärt. Ich habe die Akten bei unseren Kollegen angefordert, sie sollten noch heute bei uns eintreffen.»

Petra stand abrupt auf und schritt Richtung Türe. «Okay, komm schon, worauf wartest du noch?»

«Ich bin nach wie vor der Meinung, wir sollten zunächst die Erlaubnis haben, in Zug zu ermitteln.»

«Blödsinn, wenn die Polizei immer zuerst fragt und dann erst handelt, dann wird nie ein Verbrechen aufgeklärt. Das solltest du doch eigentlich so gut wissen wie ich, du bist ja nicht erst seit gestern dabei, oder?»

«Willst du denn schon wieder ein Disziplinarverfahren riskieren?»

«Ach, das geht mir doch am Arsch vorbei, komm jetzt endlich!»

Wenige Minuten später waren Petra Neuhaus und Erwin Leubin mit dem Auto unterwegs nach Zug. Petra wollte und konnte nicht länger warten, nicht auf die Akten der ausländischen Kollegen, und auch nicht auf ein Okay der Zuger Kriminalpolizei oder von ihrem Chef. Die Zuger Kollegen informierte sie gar nicht erst, das war ihr Fall, den liess sie sich nicht entreissen. Unter gar keinen Umständen, sie hatte es Sabrinas Mutter versprochen, den Mörder zu fassen. Und auch wenn Erwin das Vorgehen ganz und gar nicht gefiel, begleitete er seine Kollegin dennoch. Dies vor allem, um Petra vor sich selbst zu schützen, denn Erwin wusste nur zu gut, dass Petra manchmal mit dem Kopf durch die Wand wollte, und dies führte nicht selten zu etlichen Problemen, die sie dann ausbaden musste.

Kurz vor elf Uhr betraten die beiden Kriminalpolizisten die Räume der Firma ermodcast.ch in Zug. Nicole Schmidlin, die ihnen in einem ultrakurzen schwarzen Lederminirock entgegentrat, schien nicht sonderlich davon beeindruckt, zwei Polizeibeamten gegenüber zu stehen. Auch von der Tatsache, dass ein Mordfall der Grund für die Aufwartung war, liess sie sich nicht beirren, so machte es zumindest äusserlich den Anschein.

«Das ist natürlich alles sehr tragisch», sagte Nicole teilnahmslos, ohne auch nur mit der Wimper zu zucken, «doch ich weiss wirklich nicht wie ich Ihnen helfen könnte.»

Petra Neuhaus liess Nicole keinen Augenblick unbeobachtet, diese Gleichgültigkeit über den Tod einer jungen Frau, die sie gekannt haben musste, kam ihr verdächtig vor. «Wir wissen, dass die junge tote Frau, Sabrina Eckert, für ermodcast.ch gearbeitet hat.»

«Ach, es arbeiten so viele junge Frauen für uns, da kann ich mir unmöglich alle Namen merken. Das können Sie doch sicher verstehen. Die Fotomodelle bei uns kommen und gehen so schnell wie der Wind.»

«Hier, vielleicht helfen diese Dokumente Ihrem Gedächtnis auf die Sprünge.» Erwin reichte Nicole die Unterlagen, die auf Sabrinas Computer gefunden worden sind. «Wir haben hier eindeutige Beweise, dass Sabrina Eckert für ermodcast.ch tätig war und dass Sie, Frau Schmidlin, mit dem Mordopfer im E-Mail-Kontakt gestanden haben.»

Mit dem unschuldigsten Blick, den man sich überhaupt vorstellen kann, sagte Nicole zu den Polizeibeamten: «Ach diese Sabrina meinen Sie, die Maus vom Hallwilersee. Ich habe mir schon Sorgen gemacht, da wir bereits einige Tage nichts mehr von ihr gehört haben.»

«Ja, diese Sabrina meinen wir.» Petra wurde langsam aber sicher ungeduldig, für sie war klar, dass Nicole nur ein Spiel mit ihnen spielte. Ihr Blut begann zu kochen als sie sagte: «Können Sie uns jetzt bitte bei Ihrem Chef, bei Herrn Pedro Alvare, anmelden?»

«Da muss ich Sie leider enttäuschen, Herr Alvare befindet sich zurzeit in den Ferien. Er ist am vergangenen Samstag nach Uruguay abgeflogen, wo er seine Eltern besuchen wollte. Herr Alvares Eltern sind schon alt und sie freuen sich immer sehr, wenn ihr lieber erfolgreicher Sohn aus Europa kommt, um sie mit seinem Besuch zu erfreuen.» Nicole lächelte ihr unschuldigstes Lächeln. «Darf ich ihnen vielleicht einen Kaffee anbieten, damit sie nicht umsonst zu uns gekommen sind? Sind sie von der Aargauer Kriminalpolizei überhaupt zuständig für diesen Fall, wir befinden uns hier schliesslich in Zug.»

Dann ging alles sehr schnell, Petra fühlte wie die Wut in ihr aufstieg wie die heisse Lava eines brodelnden Vulkans vor dem nahenden Ausbruch. Kurz entschlossen schritt sie durch die Räumlichkeiten der Modellagentur, öffnete alle Türen, untersuchte die Räume, doch es befand sich ausser Nicole Schmidlin keine andere Person im Büro der Firma ermodcast.ch an der Stampflistrasse 41 in Zug. Erwin versuchte Petra zurückzuhalten, doch sie war nicht zu bremsen, einem Schnellzug gleich schritt sie durch die Büroräume. Er hatte die ganze Zeit schon ein mulmiges Gefühl, eine Art Vorahnung, dass irgendetwas passieren könnte, aber aufzuhalten war Petra nun nicht mehr. Rasend vor Zorn knallte sie Türen zu, kippte Papierkörbe um, riss Schreibtischschubladen heraus und untersuchte deren Inhalt.

«Ich glaube nicht, dass sie das dürfen.» Nicole Schmidlin schien nun doch aus ihrer Gleichgültigkeit zu erwachen. «Ich werde ihr Vorgehen ihrem Vorgesetzten melden.»

«Schnauze, Tussi!» Wutentbrannt stürzte Petra an der verdutzten Nicole vorbei, liess die Büroeingangstüre knallen, während Erwin ihr mit Entsetzen nachsah.

«Entschuldigung Frau Schmidlin, ich weiss auch nicht, was in meine Arbeitskollegin gefahren ist. Sie ist ansonsten die Ruhe selbst, das können sie mir wirklich glauben. Aber wir sind halt alles nur Menschen und ich wäre froh, wenn sie ein Auge zudrücken und das Ganze vergessen würden.»

«Da muss ich sie leider enttäuschen.» Nicole Schmidlin fühlte sich nun der Situation überlegen und sie gewann die Oberhand. Die Sekretärin setzte ein schadenfrohes, beinahe schon dreckiges Lachen auf. «Das wird ein Nachspiel für sie und ihre Kollegin haben, das garantiere ich Ihnen. Und jetzt verlassen sie bitte sofort unser Büro.»

13 (Januar 2013)

Die dominant und luxuriös wirkende Villa von Pedro Alvare, mit wunderbarer Sicht auf den Zürichsee, war an diesem eisigen Januartag tief verschneit. Ein Haus wie in einem Märchen, so machte es zumindest auf den ersten Blick den Anschein, doch der Schein kann auch trügen. Siebzehn Zimmer gab es in diesem beinahe schon gigantischen Märchenschloss. Es war ein kalter Wintertag mit Temperaturen weit unter dem Gefrierpunkt, als Kudi Roggenmoser sich der Villa seines Chefs näherte. Seine grauen kalten Augen blickten in die kalte Welt hinaus. *Kalte Augen, kalte Welt, kalte Scheisse!* Er wusste genau, weshalb ihn sein Boss hierher zitierte. Kudi Roggenmoser hatte seine Kamera über die Schulter gehängt, aber nicht die Fotokamera, nein, heute war die Filmkamera gefragt.

Als Pedro ihn am frühen Morgen anrief, da dauerte es keine zehn Sekunden bis er wusste, dass es heute wieder mal so weit war. Manchmal, ja sogar sehr oft, immer wieder und immer mehr, da konnte er die Menschen verstehen, wenn sie Pedro Alvare abgrundtief hassten, ihn am liebsten um die Ecke bringen würden. An Tagen wie an diesem so schön verzauberten Wintertag, da gelang es ihm nur mit grosser Mühe, das zu tun, was von ihm verlangt wurde. Der Druck in seiner Magengegend verhiess ihm nichts Gutes. *Ich bin ja auch kein Lämmchen, nein wirklich nicht, aber dieser Pedro ... Oh mein*

Gott! Pedro der Geile, immer in Eile! so dachte er bei sich. Ja, wenn Pedro eine aus seinen zahlreichen Fotomodellen auserwählt hatte, da war ihm jedes Mittel Recht, sie ins Bett zu kriegen. Und wenn es ihm nicht auf freiwilliger Basis gelang, so liess er all seine monströse Fantasie walten. Vergewaltigungen waren für ihn eine Normalität, sie gehörten ganz einfach zu seinem Leben. Aber natürlich waren dies für Pedro Alvare keine Vergewaltigungen. «Man muss die Mädchen halt zu ihrem Glück zwingen. Ich geb ihnen nur das was sie brauchen und verdienen», das war seine Meinung, die in seinen Freundes- und Geschäftskreisen wohl bekannt war. Nicht wenige seiner Geschäftsfreunde bewunderten ihn deshalb sogar, was für eine kranke Welt, dieses 2013! Oft stellte er seine Taten sogar ins Internet auf irgendwelche Pornoseiten, wo sich dann andere kaputte Typen daran aufgeilten und sich masturbierend daran ergötzten, wie Pedro über seine wehrlosen Opfer herfiel.

Eine verdammte verfluchte Scheisskälte ist das heute. Wie hat mein Nachbar Ivan aus Kroatien mal gesagt? In der Schweiz ist es sechs Monate Winter und die anderen sechs Monate ist es kalt. Recht hat er, ich sollte auswandern. Irgendwohin in die Wärme, weit weg von hier, fernab von Pedro. Dann müsste ich diesen Scheissjob nicht mehr machen. Ja, das werde ich tun, aber noch nicht jetzt. Sobald ich soweit bin, irgendwann gehe ich irgendwohin. Er rieb sich die Hände, um sie zu wärmen. Der Winter war nun wirklich nicht seine Lieblingsjahreszeit, nein, ganz und gar nicht. *Immerhin werde ich gut bezahlt, das muss ich Pedro lassen, kleinlich ist er mir gegenüber noch nie gewesen. Er wird wohl schon wissen was er an mir hat.* Und genau dieser Gedanke erfüllte Kudi Roggenmoser auch mit etwas Stolz.

Kudi Roggenmoser betrat mit einem mehr als mulmigen Gefühl in der Bauchgegend den überdimensionalen Empfangssalon. Pedro trat ihm froh gelaunt und offenbar bereits etwas angetrunken entgegen: «Na du Spitzer, was geht heute ab bei dir?» *Was heisst hier Spitzer, du bist doch der Spitzer von uns beiden, ich bin nur ein kleiner Wurm, der das Vergnügen hat, dich dabei zu filmen.* «So wie immer, alles klar, und bei dir?»

«Oh, ich bin mega scharf drauf heute. Ich kann es kaum erwarten mein Rohr zu versenken.»

Das hättest du mir nicht zu sagen brauchen, das weiss ich auch so schon. Der Fotograf erinnerte sich an einen Graffitispruch, den er vor einiger Zeit in Zürich gelesen hatte: «Der Mann denkt als Erstes vor allem mit seinem Schwanz, und erst dann mit seinem Kopf!» *Ohja, das trifft haargenau auf Pedro zu.* Kudi setzte sich auf einen der schwarzen Polstersessel, während Pedro ihm einen Drink reichte, einen doppelten Bourbon mit Eis und sich ihm dann gegenübersetzte. Der Fotograf und Kameramann verwunderte sich immer wieder, weshalb Pedro in dieser Villa ganz alleine und ohne Personal wohnte. Selbstverständlich gab es Angestellte, die aber allesamt ausserhalb der Villa ein Zimmer oder eine Wohnung hatten, und die auch nur stundenweise im Arbeitseinsatz standen. Ganz so, wie es dem grossen Boss, dem allmächtigen Patron beliebte. Aber heute war Pedro natürlich allein, es durfte keine Zeugen geben für das, was er vorhatte.

Unvermittelt stand Pedro wieder auf, knöpfte seine Jeanshose auf und zog den Reissverschluss nach unten. Noch bevor Kudi es richtig realisieren konnte, zog Pedro seine Hose aus und präsentierte dem Kameramann seinen Kumpel. «Na was meinst du, ist doch ein Prachtexemplar, oder etwa nicht? Willst du ihn mal anfassen oder etwa gar lutschen? Nur zu, keine falschen Hemmungen!»

Angewidert wandte sich Kudi ab. «Nein danke.» Die Galle kam ihm hoch und er wäre am liebsten davongelaufen, aber eben, das Geld hat schon eine grosse Kraft auf das Bewusstsein des Menschen.

«Schade.» Pedro Alvare war sichtlich stolz auf seinen Penis. Er besass einen sogenannten Fleischpenis, der schon im erschlafften Zustand eine gewisse Stämmigkeit und Grösse offenbarte. Allerdings war es nicht so, dass er bei einer Erektion zu einem wahren Monster anwuchs, denn wie dies bei Fleischpenissen so üblich ist, legte auch Pedros Pimmel nicht sonderlich an Grösse zu, wenn er erregt war. Dies ganz im Gegensatz zu den sogenannten Blutpenissen, bei denen der erschlaffte Zustand nichts über die wirkliche Grösse im erregten Stadium aussagt. Man könnte meinen, stille Wasser seien tief, denn bei den Blutpenissen kann sich die Grösse bei der Erektion erheblich steigern, oft sogar verdoppeln oder verdreifachen.

Ob Pedro diesen Unterschied kannte, dies wusste Kudi in keinster Art und Weise. Wahrscheinlich war es ihm auch egal, denn so wie er sich präsentierte, machte es auf den Fotografen den Anschein, als hielt Pedro sich für den tollsten Hecht der Welt. *Meiner ist zwar viel kleiner, aber wenn er wächst, so wird er zu einem Giganten,* dachte sich Kudi, dem der Unterschied wohl bekannt war. Kudi konnte sich auch erklären, weshalb Pedros Geschlechtsteil grösser war als das eigene. Männer mit Abstammung aus kalten klimatischen Bedingungen haben einen eingebauten Schutzmechanismus, der den Penis zum Schutz schrumpfen lässt, wenn er nicht erigiert ist, um diesen vor Unterkühlung zu bewahren. Männer mit Abstammung aus warmen Gegenden haben diesen Schutzmechanismus meistens nicht, weil die Natur dies nicht als notwendig angesehen hat. Da Pedro aus Uruguay kam, war es für Kudi klar, weshalb dessen Penis grösser war. Vor einiger Zeit las Kudi über diese beiden Penisarten im Mens Health Magazin, daher konnte ihn Pedro auch nicht sonderlich beeindrucken. In einer Studie wurde sogar herausgefunden, dass es 79 Prozent Blutpenisse und 21 Prozent Fleischpenisse gab, somit war er bei der klaren Mehrheit, was ihn mit einer gewissen Genugtuung erfüllte. Als junger Mann schämte sich Kudi oft über die Grösse, respektive Kleinheit. Er konnte sich noch gut daran erinnern, wie unwohl es ihm war im Schulsport und später im Militär, mit den anderen jungen Männern zusammen zu duschen. Er fühlte sich immer minderwertig, doch spätestens seit ihm der Unterschied bekannt war, waren seine Selbstzweifel wie ausgelöscht.

Inzwischen hatte Pedro seine Hose wieder hochgezogen und sich zu Kudi an den Tisch gesetzt. Er trank einen Vodka on the Rocks und sah verschmitzt zu Kudi, der ihn fragte: «Und?»

«Was denn und?»

«Wen hast du dir denn heute ausgesucht?»

Das glitzern in den Augen von Pedro Alvare liess Kudi Böses erahnen. «Einen Leckerbissen, ein richtiges Sahneschnittchen darf heute die Bekanntschaft mit meinem knüppelharten Edelschwanz machen; die süsse Sabrina.»

Sabrina, ach du Scheisse, warum denn ausgerechnet die kleine unschuldige Sabrina? Konnte sich der Scheisstyp nicht eine andere aussuchen? Kudis mulmiges Gefühl stieg an, der Druck in der Magengegend nahm nochmals zu. *Irgendwann bekomme ich noch ein Magengeschwür wegen diesem verfluchten Job.* Er fühlte förmlich, wie es ihm schlecht wurde und er musste sich zusammenreissen, damit Pedro nichts davon bemerkte. Denn Schwäche liess Pedro in seiner Gegenwart nicht zu, das war ihm verhasst. «Warum denn Sabrina?», fragte Kudi so gleichgültig wie es ihm in dieser Situation nur möglich war.

«Weil sie es verdient hat, verstehst du? Sie soll endlich mal richtig durchgefickt werden, so wie es sich gehört. Wenn sie sich schon geweigert hat in einem Porno mitzumachen, so bleibe ich ihr wenigstens nicht erspart. So leicht kommt sie mir nicht davon, das kann ich dir garantieren.»

«Und was hast du heute geplant? Wieder mal die Tour mit den K.O.-Tropfen?»

«Oh nein, die Kleine wollte nicht freiwillig zu mir ins Bett hüpfen, dann soll sie auch richtig leiden. Mit den K.O.-Tropfen hat sie ja gar nichts davon. Ich will, dass sie sich an jede Sekunde des heutigen Tages erinnert, bis zu ihrem allerletzten Atemzug.»

Als K.O.-Tropfen oder Knockout-Tropfen werden Medikamente bezeichnet, die eine narkotisierende Wirkung haben, therapeutisch werden sie oft als Schlaf- oder Beruhigungsmittel eingesetzt. Aber im Rahmen von Straftaten wie Sexual- oder Eigentumsdelikten werden sie genutzt, um die Opfer zu betäuben und damit wehrlos zu machen. Sie werden den Opfern unbemerkt in deren Nahrung oder Getränke gemischt und können im schlimmsten Falle zum Tode führen. Nach dem Erwachen können sich die Opfer häufig aufgrund von Gedächtnislücken für die Wirkungszeit nicht mehr an die Tat oder den Tathergang erinnern. Das war wohl auch der Grund, weshalb Pedro auf die K.O.-Tropfen verzichtete. Er wollte, dass Sabrina sich an jedes noch so kleine Detail erinnern konnte. Denn in der Regel haben Opfer von K.O.-Tropfen beim Aufwachen keine Erinnerungen mehr, sie wissen nicht mehr, was mit ihnen geschah. Viele berichten von einem Blackout oder einem totalen Filmriss. Sie spürten, dass etwas geschah, sie hatten Schmerzen und Verletzungen, die sie sich nicht erklären konnten. Die Ungewissheit darüber was genau passierte und ihre Gedächtnislücken machten vielen sehr zu schaffen. Pedro war sich seiner Sache derart sicher, dass er auf solche Hilfsmittel verzichten konnte.

Es war das erste Mal, dass Pedro sie persönlich zu einem Fotoshooting einlud, sonst geschah dies immer durch eine E-Mail oder einen Telefonanruf von Nicole Schmidlin. Dass sie zu Pedro in seine Villa sollte, das liess Sabrina nichts Gutes erahnen. *Ob er wieder mal verlangen wird, dass ich in einem Pornostreifen mitmache? Ich hab' ihm doch klar und deutlich gesagt, dass er das vergessen kann. Aber wenn ich sonst keine Aufträge mehr bekomme? Vielleicht sollte ich es ja doch tun, es kann ja sein, dass es gar nicht so schlimm ist. Nein, was ist denn mit mir los, das mache ich bestimmt nicht. Meine Eltern würden sich ja zu*

Tode schämen, wenn sie das erfahren würden. Aber sie müssten es ja gar nicht erfahren. Oh, was soll ich denn bloss tun? Ja oder Nein? Voller verwirrender Gedanken schritt Sabrina in Richtung von Pedros Villa. Ein merkwürdiges Gefühl überfiel sie, als Kudi Roggenmoser ihr die Türe öffnete und sie beinahe ohne Worte in die Villa führte. Ein Gefühl, so bedrückend und übermächtig, wie sie das so noch nie erlebt hatte. Angst, es war grosse Angst die sie verspürte und zum Umkehren antrieb, doch es war zu spät, denn da war auch schon Pedro, der ihr lüstern lächelnd entgegentrat. Kudi nahm seine Filmkamera an sich und begann zu filmen …

Draussen war es bereits dunkel geworden und es war noch um einiges kälter als während des Tages. Kudi erhob sich im Gästebadezimmer, wo er sich gerade eben erbrochen hatte. *Ich werde langsam alt und schwach, ich muss damit aufhören, ich gehe sonst noch kaputt, wenn ich so weitermache. Was ist bloss aus mir geworden? Wollte ich mit meinen Fotos nicht weltberühmt werden? Und jetzt?* Es war ja beileibe nicht das erste Mal, dass er seinen Boss bei dessen Vergewaltigungen filmen musste, aber so wie heute hatte es ihn noch nie mitgenommen. Sieben oder acht Mal fiel Pedro über Sabrina her, dies ging natürlich nur mit dem allseits gelobten Viagra. *Verdammt sollen die Forscher sein, die dieses Teufelszeug erfunden haben. Wie viele Frauen mussten deshalb schon leiden.* Unersättlich war Pedro in seiner Gier. Immer wieder stiess er in Sabrina hinein, während sie gefesselt auf dem Bett und voller Qualen um Hilfe schrie. Sie flehte, bettelte und weinte. Doch davon wurde Pedro in seinem Tun nur noch mehr angestachelt. «Dein Arsch gehört mir, ich fick deinen Arsch Baby, bis er glühend rot erstrahlt!»

Kudi verliess die ihm plötzlich so verhasste Villa, ohne sich von Pedro zu verabschieden. *Nie wieder betrete ich diese Hölle, nie wieder!* Aber er wusste im selben Atemzug, dass er es wieder tun würde, er fühlte sich seinem Boss ausgeliefert. Die kalte, klare Luft tat ihm gut, er atmete tief und fest ein. Vor wenigen Minuten liess der Vergewaltiger sein Opfer durch einen seiner Chauffeure nach Hause fahren. «Hab' ich dir nicht gesagt, du wirst es bereuen, dass du nicht in einem Pornofilm mitgemacht hast? Leg dich nicht mit Pedro an! Und wenn du auch nur ein Sterbenswörtchen davon erzählst, dann stelle ich alles ins Internet!», rief ihr Pedro lachend nach, als sie vom Chauffeur gestützt zitternd und weinend ins Freie trat. Sabrina machte einen furchtbaren Eindruck, noch nie sah Kudi einen Menschen, der dermassen gebrochen, hilflos und verzweifelt wirkte, wie diese junge Frau. *Ich werde mich um dich kümmern Sabrina, das verspreche ich dir. Aber nicht heute, ich brauche Zeit, aber ich bin nicht so schlecht, wie du jetzt von mir denkst.*

14 (Samstagmorgen, 27. April 2013)

Normalerweise hasste es Petra über alle Massen, wenn sie am Samstag arbeiten musste. Dies wollte sie möglichst vermeiden. Ausser wenn es einen Notfall gab, oder sie den monatlichen Bereitschaftsdienst zu leisten hatte. Doch Petras heutiger Arbeitseinsatz war vollkommen freiwillig. Es waren bereits fünf lange Tage vergangen, seit die junge tote Sabrina aufgefunden wurde. Und noch immer wusste sie wenig bis gar nichts von ihr, daher war sie nun zum zweiten Mal unterwegs zu Sabrinas Eltern. Der Vater zeigte sich schon ziemlich überrascht, als sie ihn bereits um acht Uhr anrief und um ein Treffen bat. Sabrinas Eltern gingen wohl davon aus, dass während des Wochenendes nichts unternommen wurde, um den Mörder ihrer Tochter zu finden.

Ein lauer Frühlingswind blies ihr um die Ohren als sie bei Eckerts auf die Türklingel drückte. Diesmal musste Petra nicht sehr lange warten, bis ihr nach dem klingeln aufgemacht wurde. Zu ihrer Überraschung war es Hilda Eckert, die ihr die Türe öffnete. «Guten Tag, wir haben Sie heute nicht erwartet, müssen Sie denn immer am Wochenende arbeiten?»

Frau Eckert sieht heute eigentlich ganz gut aus, sehr gefasst scheint es mir. Nun, es sind ja auch schon fünf Tage vergangen. Der Mensch gewöhnt sich schnell an neue Lebenssituationen, auch wenn sie unsagbar schlimm sind. Schlimmer als alles, was man je erwartet hat. «Eigentlich habe ich heute schon frei, aber ich muss einfach noch mehr wissen über ihre Tochter, es lässt mir keine Ruhe. Ich kann an nichts anderes mehr denken.» *Stimmt nicht ganz, eigentlich denke ich mindestens genau so viel an Susanne und an unser Date von heute Abend!* Petra folgte Hilda Eckert in das Wohnzimmer, wo ihr Mann am Tisch sass und die Zeitung las. «Guten Morgen Frau Neuhaus. Sie nehmen doch sicher einen Kaffee, nicht wahr?» Und schon stand Anton Eckert bedächtig auf, um sich in die Küche zu begeben.

«Erzählen Sie mir doch bitte mal, wie Ihre Tochter als Kind so war.»

«Ist das denn so wichtig? Ich meine, spielt das denn wirklich eine Rolle in einem Mordfall?»

«Alles was wir über ein Opfer wissen, kann uns bei der Aufklärung des Mordes helfen, jedes noch so kleine belanglose Detail. Es ist ja schliesslich bekannt, dass die Kindheit den Menschen bis ins hohe Alter prägt. Vielleicht erfahre ich etwas wichtiges über Sabrina, obwohl sie es als belanglos erachten. Wenn ich weiss wie Sabrina als Kind war, so kann ich vielleicht besser erkennen, weshalb ihr dies überhaupt geschehen konnte. Ich verlange nicht, dass Sie mich verstehen, aber ich möchte einfach nichts unversucht lassen, um den Mörder Ihrer Tochter zu finden.»

Hilda Eckert lehnte sich langsam zurück, schloss die Augen und atmete tief durch. Erst jetzt bemerkte Petra, wie müde Hilda auch heute aussah, der erste Eindruck hatte sie also getäuscht. *Müde, erschöpft und ohne Hoffnung.* Ihre Hände legte Hilda langsam mit den Handflächen nach unten auf den Küchentisch, der auch nicht mehr der neueste war. Überhaupt machte die ganze Hauseinrichtung auf Petra den Eindruck, als hätte das Ehepaar alles bei ihrem Zusammenzug angeschafft und seither nichts mehr erneuert. Nur sehr langsam begann Hilda mit einer belegten unsicheren und heiseren Stimme zu sprechen.

«Mami, Mami, schau mal, sehe ich nicht toll aus!? Mami, was meinst du, sag doch was!» Sabrina strahlte über das ganze Gesicht, als sie zu ihrer Mutter in die Küche sprang. Es war der achte Geburtstag des Mädchens und zur Feier des Tages hatte sie sich mit Mamis Lippenstift geschminkt, den sie ohne zu fragen aus dem Spiegelschrank im Badezimmer entwendet hatte.

«Oh Gott», entfuhr es ihrer Mutter, «was hast du denn gemacht?»

Sabrina kletterte auf einen Hocker und präsentierte sich ihrer Mutter nicht ohne Stolz und sagte mit wichtiger Miene: «Ich habe mich heute entschieden Mami!»

«Also gut Sabrina, und was hast du entschieden, wenn ich dich fragen darf?»

«Wenn ich gross bin, werde ich Fotomodell und erobere die ganze Welt. Die Menschen werden mir zu Füssen liegen, wenn ich über den Laufsteg stolziere und ihnen die allerschönsten Kleider präsentieren werde.»

«Das finde ich ja schon gut, aber ich glaube dennoch, dass du für Lippenstift jetzt doch noch etwas zu jung bist, meinst du nicht auch? Da warten wir doch noch eine Weile. Vor allem ist es ja wohl mein Lippenstift, den du benutzt hast, nicht wahr? Du hast wohl vergessen zu fragen», lächelte Hilda ihre Tochter voller Güte und Liebe an.

«Aber Mami, ich hab' doch heute Geburtstag!», antwortete Sabrina trotzig.

Hilda Eckert nahm ihre Tochter an der Hand und zog sie liebevoll vom Hocker hinunter, wieder zurück auf den Boden der Realität. «Ist schon in Ordnung, aber dann werde ich dich schminken. Ich glaube nämlich, ich habe etwas mehr Übung darin als du. Einverstanden, Sabrina?»

«Oh ja!» Sabrina fiel ihrer Mutter um den Hals: «Du bist die allerbeste Mami der Welt.»

«Ich weiss, und du bist die allerbeste Tochter der Welt.»

«Sei doch bitte still, gleich ist es soweit.» Hilda Eckert mahnte ihren Mann Anton zur Ruhe. Sie sassen in der vierten Reihe in der Aula der Sekundarschule, die ihre Tochter besuchte. Die Uhr zeigte kurz vor 19 Uhr, gleich sollte es soweit sein.

Anton schaute nervös und ungeduldig auf seine Armbanduhr. «Beinahe sind wir zu spät gekommen, ich hab' gedacht, du wirst überhaupt nicht mehr fertig im Badezimmer.»

«Ach was, du hättest ja schneller fahren können, dann wären wir schon vor einer halben Stunde hier gewesen. Du bist so langsam gefahren, eine Schnecke hätte uns beinahe überholt», widersprach Hilda und versuchte sich zu entspannen. Gebannt wartete sie auf den grossen Auftritt ihrer Tochter Sabrina.

«Langsam gefahren, wer, ich? Ich werde dich daran erinnern, wenn die Geschwindigkeitsbussen ins Haus geflattert kommen. Wenn du Streit willst, dann nur zu, ich bin gerade in bester Stimmung dazu.»

Doch in diesem Augenblick erlosch das Licht in der Aula, die Scheinwerfer gingen an und richteten sich auf die Bühne. Es war ein kühler Frühlingstag des Jahres 2006. Die Schulleitung hatte die Angehörigen der Schüler zu einer Darbietung unter dem Titel «Sommermode der Schuljugend» eingeladen. Die Schüler und Schülerinnen präsentierten selbst genähte Kleider, aber auch Kleidungsstücke, die sie bereits besassen oder eigens für diesen Anlass angeschafft hatten. Wie eine richtige Modeschau wurde die Veranstaltung abgehalten mit dem Schulrektor als Ansager. Sabrina hatte sich für ein, für ihr Alter, mehr als gewagtes Minikleid in schwarz und rot entschieden. Wie ein Profi präsentierte sie sich dem gespannten Publikum, als sie elegant auf dem improvisierten Laufsteg entlangschritt, während ihre Eltern stolz und staunend dasassen und ihren Augen nicht trauten.

«Das soll unsere kleine Tochter sein?», flüsterte Anton seiner Frau ins rechte Ohr. «Ich glaube, ich habe ihre Kindheit verpasst, wann ist sie denn so erwachsen geworden?»

«Wenn ich sie richtig verstanden habe, dann war es also schon als Kind der sehnlichste Wunsch ihrer Tochter Fotomodell zu werden. Haben sie diesen Wunsch denn unterstützt? Oder wäre es ihnen lieber gewesen, sie hätte nach dem Studium etwas Richtiges gemacht, wie man so schön sagt?»

Hilda Eckert hatte mittlerweile ihre Augen wieder geöffnet, dicke Tränen kullerten über ihre Wangen, die sie mit einem Papiertaschentuch abzuwischen versuchte. «Entschuldigen sie bitte, Frau Neuhaus, aber …»

«Sie müssen sich nicht entschuldigen, ich kann gut verstehen, wie es ihnen geht.»

«Ach, können sie das denn wirklich, Frau Kommissarin?», sagte Anton Eckert, der seinen Arm schützend und tröstend um Hilda gelegt hatte. «Haben Sie denn auch ihre Tochter verloren? Sie wissen doch gar nichts, alles was sie können, ist uns mit ihren Fragen zu belästigen. Fragen, die sowieso nichts bringen. Es ist doch egal, was unsere Tochter als Kind wollte. Sie ist tot, das ist eine unwiderrufliche Tatsache, und durch nichts auf der Welt kann uns dieses Leid genommen werden.»

Den Kopf voller Gedanken fuhr Petra nach Hause. Sie ging nicht mehr ins Büro, dazu fühlte sie sich nicht in der Lage. Und vor allem verspürte sie auch nicht die geringste Lust dazu. Die knappe Stunde, die sie bei Sabrinas Eltern verbrachte, ging nicht spurlos an ihr vorbei. Sie war eigentlich nicht weitergekommen, aber was hatte sie denn erwartet? Offenbar wussten Hilda und Anton Eckert wirklich nichts, was sie in ihren Ermittlungen weiterbringen würde. *Sabrina wollte schon als Teenager eine Karriere als Fotomodell machen. Na und? Das wollen viele andere Mädchen auch. Das ist ein ganz typischer Berufswunsch der Mädchen. Also diese Fragestunde hätte ich mir wirklich ersparen können. Ich bin einfach zu blöd, was habe ich mir denn dabei gedacht, die beiden so unnötig zu belästigen und sie mit meinen Fragen zu quälen?* «Blödmann!» Viel zu spät sah sie den dunklen Wagen, der von rechts gekommen war und dem sie beinahe den Vortritt abgeschnitten hätte. Wie wild hupte der Autofahrer und verwarf dabei seine Hände. *Pass doch auf Petra, sonst verpasst du noch dein Date mit Susanne.* Ja Susanne, mit ihr hatte sie heute Abend ein Rendezvous und darauf freute sie sich aber richtig.

Fertig jetzt mit der Grüblerei. Ich muss mich auf heute Abend vorbereiten. Was soll ich denn anziehen? Vielleicht das kleine Schwarze mit dem knallroten Dessous, das ich mir bei Perosa gekauft habe? Oder ist das zu gewagt, wirke ich dadurch etwa billig? Aber vielleicht mag Susanne es ja, wenn ich so wirke? Was sie wohl anziehen wird? Vielleicht bilde ich mir ja auch nur etwas ein und sie will gar nichts von einer erotischen Beziehung mit mir wissen. Aber hätte sie dann gesagt: Ich koche uns eine Kleinigkeit und dann bin ich gespannt, deine Seele und

deinen Körper kennen zu lernen. Ich freue mich darauf. Ohja Susanne,
ich freue mich auch, deinen Körper zu erforschen.

15 (Samstagabend, 27. April 2013)

«Soll ich dir einen Knutschfleck machen an deinem süssen Hals? So
einen richtig schön doll grossen?», hauchte Susanne Petra ins Ohr.

«Spinnst du, sollen vielleicht alle von uns wissen?»

«Schämst du dich etwa?», schon wollte sie an Susannes Hals ein
Andenken hinterlassen.

«Nein, natürlich nicht, aber ich als Kriminalkommissarin mit
einem Knutschfleck wie ein Teenager», sanft wehrte sich Petra gegen
ihre Liebhaberin. «Also bitte, ich weiss nicht, wie das so wirkt bei
meinen Ermittlungen.»

Susannes Zunge erforschte die Ohren von Petra. Mit ihrer Zungenspitze glitt sie dem Ohr entlang und leckte ihre Ohrmuschel. «Ist
das angenehm so für dich?»

«Siehst du nicht meine Gänsehaut, ja es ist megaschön, mach
einfach weiter.»

Susannes Mund öffnete sich und suchte verlangend den Mund
von Petra, die Lippen berührten sich und ihre Zungen umschlangen
sich verspielt und erregt. Der Speichel der beiden Frauen vermischte
sich, was beide noch leidenschaftlicher werden liess. Susannes Lippen
wanderten zu Petras Brüsten, ihre Zunge spielte mit den vor Erregung harten Brustwarzen. «Du hast schöne Titten Petra, deine
Brustwarzen machen mich megascharf.» Sie nahm eine der Knospen
zärtlich zwischen ihre Zähne und begann daran liebevoll zu beissen
und zu lutschen.

Petra schloss die Augen und genoss es, begehrt und geliebt zu werden. Sie spürte wie Susannes Zunge weiter nach unten glitt, wie sie Speichel in ihren Bauchnabel fliessen liess und wie sie sanft aber fordernd ihre Schenkel teilte. Petras Unterkörper bäumte sich voller Erwartung auf und Susanne bedeckte ihren Bauch mit unzähligen sanften Küssen. *Ja, bitte leck mich, ich brauche es, besorg es mir so richtig. Ich will deine Zunge in meiner Muschi spüren.* Susannes Mund näherte sich Petras Venushügel und sie konnte bereits den verlockenden Duft der erregten und feuchten Muschi einatmen. Susanne zog Petra bestimmend an das Bettende, so dass ihre mit dunklen Netzstrümpfen bekleideten Beine über den Rand des Bettes hingen, während Susanne sich vor sie auf den Boden kniete und mit ihrer Zungenspitze durch ihre feuchte Spalte fuhr. Susanne teilte Petras Schamlippen und sie begann begierig die blank rasierte Muschi zu lecken.

Oh Gott, ja das ist ein Wunder, hör nicht auf. Ohja, ich werde begehrt und geliebt, was für ein wundervolles Gefühl. Mach weiter, ja bitte, bitte. «Oh Susanne, du … du … ich liebe es, ja …» Sie spürte, wie Susannes Zunge immer heftiger und besessener wurde, wie sie ihren Kitzler umspielte. Und jetzt, jetzt begann ihre Liebhaberin mit den Zähnen am Kitzler zu knabbern, und sie gab sich ganz der schönsten Ekstase hin, die sie seit langem erlebte. Die Bewegungen der beiden sich Liebenden wurden immer schneller und zügelloser, der Atem je länger je heftiger, das stöhnen immer lauter und lustvoller.

Nach dem zweiten Orgasmus zog Petra Susanne sachte aufs Bett zurück. «Jetzt bist du dran Schätzchen. Komm, leg dich hin und geniesse es.»

Frauen sind halt doch die besseren Liebhaber, vor allem wenn es darum geht, eine Frau sexuell zu befriedigen. Kein Mann kann eine Frau so gut kennen, wie es eine andere Frau kann. Petra lag erschöpft und glücklich in Susannes Armen und schmiegte sich an ihre grossen festen

Brüste. Obwohl sie sich glücklich fühlte, so machte sie sich doch Gedanken über das, was sie eben erlebte.

«Was denkst du dir?» Susanne spürte förmlich, wie die Gedanken in Petras Kopf Achterbahn fuhren.

«Ich, ich habe doch gar nichts gedacht.»

«Oh doch, dieses Gesicht kenne ich, du kannst mir nichts vormachen. Also komm spucks aus, oder soll ich es dir vielleicht herausprügeln?»

«Du?», lachte Petra auf.

«Warum nicht? Vielleicht habe ich ja noch ein paar Sadomaso-Spiele auf Lager. Also raus mit der Sprache.»

«Ich, ich, weisst du, es war wunderschön … glaubst du, ich meine, sind wir nun lesbisch? Ich meine, du bist die Psychologin, was sagst du dazu?»

Ein herzhaftes Lachen ertönte aus Susannes Mund. «Wäre es so schlimm, wenn wir es wären? Aber mach dir keine Sorgen, du tickst ganz normal. Du wolltest einfach Sex mit einer dir bekannten Person, und zurzeit hast du wohl nicht viel vertrauensvolle Männer an der Hand, deshalb hast du dich auch mit mir verabredet. So ist es doch, oder?»

«Ja schon, aber ich möchte nicht, dass du dir jetzt ausgenutzt vorkommst. Das ist mir wichtig, verstehst du?» Petra stützte sich auf ihrem rechten Ellbogen auf und blickte in Susannes friedvolle graue Augen.

«Nein, das tue ich nicht. Es war auch für mich grossartig, ich habe schon lange nicht mehr so intensive, geniale Orgasmen erlebt wie mit dir.» Susanne drehte sich zu Petra um und küsste ihren Mund. Ihre Hand glitt zwischen Petras Beine und sie begann erneut mit ihrem Kitzler zu spielen. Ihre andere Hand suchte den Griff der Nachttischschublade, aus der sie einen Vibrator herausholte, dem sie den Namen Jean-Pierre gegeben hatte. *Jetzt meine kleine rattenscharfe*

Petra wirst du Dinge erleben, von denen du noch nicht mal gewagt hast zu träumen ...

16 (Montag, 29. April 2013)

Der Blick ins gerötete sorgenvolle und mehr als nachdenkliche Gesicht von Erwin Leubin verhiess nichts Gutes. «Was ist denn los?», wollte Petra von ihrem Arbeitskollegen als erstes wissen, als sie ihn antraf, wie er bereits in ihrem Büro auf sie wartete. *Hoffentlich nicht schon wieder ein Todesfall! Das würde mir gerade noch fehlen.* «Was los ist? Ich hätte mir wirklich einen besseren Start in die neue Woche gewünscht, aber wirklich. Da komme ich einigermassen gut erholt aus dem Wochenende und jetzt? Schon wieder alles dahin, unser Boss ist am Durchdrehen. Er sieht nicht mehr nur schwarz, sondern bereits dunkelschwarz!»

«Ach, deshalb die Trauermine, das ist ja nichts neues bei unserem Boss, oder?»

«Mach dich nicht lustig! Die Lage ist viel zu ernst.»

«Okay, und warum ist er am Durchdrehen und wieso sieht er bereits Dunkelschwarz?» Natürlich ahnte Petra bereits, weshalb sich Erwin solche Sorgen machte. Es gab wohl doch ein Nachspiel auf ihren Anfall in Pedros Büro in Zug. Damit musste sie ja eigentlich rechnen. «Wegen meinem kleinen Ausrutscher in Zug?», fragte sie denn auch kleinlaut.

«Kleiner Ausrutscher, nennst du das? Klein würde ich das ja nicht gerade nennen, was du dir erlaubt hast. Das war doch schon eher ein übergrosser Ausraster!» Die Worte Erwins waren klar und mit einer gehörigen Portion Vorwurf bedacht.

«Übertreib doch nicht gleich so, so schlimm war es auch wieder nicht, oder?»

«Übertreiben, ich? Es geht ja nicht nur um die Sache in Alvares Büro. Viel wütender hat unseren Boss gemacht, dass du weder ihn, noch die Zuger Kriminalpolizei, geschweige denn die Staatsanwaltschaft darüber informiert hast, dass wir nach Zug gefahren sind. Auch wir müssen uns an die Gesetze halten, auch wenn wir bei der Polizei arbeiten. Wir sind hier nicht in einer Bananenrepublik oder in einem Drittweltland und schon gar nicht in Sizilien.»

«Das tun wir doch, wir ...» «Was tun wir?»

«Ich meine, wir halten uns an die Gesetze, meistens zumindest.» Petra genehmigte sich zunächst mal einen Kaffee, eine Stärkung konnte sie dringend gebrauchen. Sie wusste ja selbst, dass sie Mist gebaut hatte. «Dann will ich mal in die Höhle des alles zerfleischenden wütenden Löwen», meinte sie, nachdem sie ihren Kaffee getrunken hatte.

«Viel Glück!»

«Danke, das kann ich wohl brauchen. Und wenn ich es nicht überlebe, dann kannst du dich freuen. Vielleicht wirst du dann befördert und erbst meinen Job.»

«Höre ich da einen kleinen Ton von Galgenhumor?», meinte Erwin und blickte seiner Partnerin besorgt nach. *Ach Petra, sei doch nicht immer so übereifrig und sturköpfig. Damit machst du dir das Leben nur unnötig selber schwer. Das solltest du doch mittlerweile wissen, du bist schon lange genug bei der Kriminalpolizei.* Erwin setzte sich auf Petras Schreibtischstuhl, den er zum Fenster hinwendete und hinausschaute. *Vor einer Woche haben wir Sabrina gefunden und noch immer tappen wir buchstäblich im Dunkeln. Vielleicht müssten wir ja ganz andere Methoden anwenden, um an diesen Pedro Alvare heran zu kommen. Unser Auftritt in seinen Geschäftsräumen hat auf jeden Fall nichts gebracht. Ausser dass wir ihn selber gewarnt haben, und dass nun bei uns hier die Hölle los ist.* Rund eine halbe Stunde verging, bis Petra wieder zurück in ihr Büro kam. Sie machte auf Erwin, der noch immer in ihrem Bürostuhl sass, einen überrascht gefassten Eindruck, auch wenn ihr Gesicht bleicher war als auch schon. «Und?»

«Was denn wohl? Ich habe wieder mal ein Disziplinarverfahren am Hals, aber das ist ja egal. Wir müssen jetzt einfach an diesen Alvare herankommen. Das scheint mir im Moment das Wichtigste zu sein. Oder was meinst du?»

«Und wenn der Täter oder die Täterin in einem ganz anderen Umfeld zu suchen ist?»

«Komm mir jetzt ja nicht wieder mit deiner Beziehungstheorie, Erwin. Und überhaupt, was machst du eigentlich auf meinem Stuhl? Wurdest du in meiner kurzen Abwesenheit bereits zu meinem Nachfolger ernannt? Hast du damit gerechnet, dass ich gleich die Kündigung bekomme?» Resolut trat Petra nahe an Erwin heran, was ihm durchaus drohend vorkam.

«Oh, Entschuldigung», sagte Erwin indem er ruckartig aufstand. «Ich habe auf dich gewartet und bin wohl aus Versehen auf deinem Stuhl gelandet.»

«Aus Versehen, soso. Also komm schon, gehen wir an die Arbeit. Als erstes müssen wir herausfinden, ob dieser Pedro Alvare sich zurzeit wirklich in Uruguay aufhält, wie es diese dumme Tussi gesagt hat. Ich bin eigentlich so ziemlich davon überzeugt, dass sie uns nach Strich und Faden angelogen hat. Also das ist dein Job, ich will in einer Stunde wissen, wo sich Alvare im jetzigen Augenblick aufhält. Kriegst du das hin?»

«Aber natürlich, ich bin schon unterwegs», sagte Erwin und verliess Petras Büro.

Nachdenklich stand Petra nach Erwins Abgang in ihrem Büro und schaute sich um. Nach rund einer Minute begann sie umherzugehen. *Irgendetwas muss ich übersehen haben, als wir in Pedros Büro waren. Schon die ganze Zeit habe ich das Gefühl, dass sich dort etwas Wichtiges im Büro befand. Ich hätte die Räumlichkeiten richtig untersuchen sollen und nicht einfach drauflos gehen wie ein Rammbock. Ach, ich bin doch ein Esel.* Petra schloss ihre Augen und versuchte sich zu erinnern. Ihr Atem ging ruhig und vor ihrem inneren Auge sah sie sich nochmals, wie sie die Geschäftsräume in Zug durchwühlte. Da, auf dem Schreibtisch von Pedro Alvare stand ein Strauss weisser Rosen. Sie riss die Augen auf und setzte sich an ihren Schreibtisch. *Ich bin eine dumme Kuh, dass mir das nicht aufgefallen ist. Also, wir haben drei Todesfälle, bei denen am Fundort der Leiche weisse Rosen aufgefunden wurden. 2001 im Breisgau, 2004 im Elsass und jetzt 2013 in Laufenburg.* Petra nahm die Akten der Mordfälle zur Hand und begann darin zu lesen. *Das Mädchen im Breisgau starb durch Ertrinken und das Mädchen im Elsass wurde mit einem Schal stranguliert. Also bei den Todesursachen gibt es keine Parallelen. Aber es gibt sie, die Übereinstimmungen. Da sind die weissen Rosen, zudem waren alle drei als Fotomodell tätig, und zwar alle bei einer Agentur die Pedro Alvare gehörte oder noch immer gehört.* «Pedro Alvare befindet sich zurzeit in seiner Villa am Zürichsee.» Keine fünfzig Minuten waren vergangen, seit Erwin von Petra den Auftrag bekommen hatte, da kam er auch schon ins Büro zurück gedüst.

«Gut gemacht Erwin, dann war er also, wie wir angenommen haben, wirklich nicht in Uruguay?»

Erwin setzte sich Petra gegenüber. «Nein, offenbar nicht, die Nachbarn haben am Telefon ausgesagt, dass sie Alvare in den letzten Tagen immer wieder gesehen haben.»

«Die Nachbarn? Am Telefon? Wie hast du das denn fertiggebracht, Erwin?»

«Es gibt rund um die Villa von Pedro Alvare einige alleinstehende Frauen, ich habe halt meinen allseits bekannten Charme spielen lassen.»

«Schön Erwin, und was schlägst du nun vor? Ich denke, es ist wohl keine gute Idee, wenn wir Pedro Alvare einen Besuch machen werden.»

«Nein, das würde ich der Zürcher Kriminalpolizei überlassen. Sie sollen ihn verhören und herausfinden, ob er zur Tatzeit ein Alibi hat. Ich habe das bereits veranlasst.» Erwin sagte dies mit einer solchen Bestimmtheit, dass Petra sich ganz einfach damit einverstanden erklären musste.

«Das sind ja mal gute Nachrichten. Dann werden wir jetzt wohl Däumchen drehen, bis wir die Informationen unserer Kollegen bekommen.»

«Tja Petra, jetzt musst du dich halt ausnahmsweise etwas in Geduld üben. Auch wenn es dir schwerfällt. Unsere Kollegen werden das schon schaffen.»

«Hoffen wir das Beste!»

17 (Mittwoch, 01. Mai 2013)

Die ganze Nacht hatte Jolanda kaum ein Auge zugetan, die Nacht kam ihr unendlich lange vor, der Morgen wollte und wollte nicht kommen. Sie wälzte sich hin und her, stand immer wieder auf, um frische Luft zu tanken oder einen Beruhigungstee zu trinken. Schliesslich konnte sie doch noch einschlafen, aber als sie am Morgen aufstand, da fühlte sie sich wie gerädert. Auch wenn man sich das eigentlich nicht wirklich vorstellen kann, wie man sich dann fühlt. *Ich fühle mich wie gerädert, ist ja eigentlich ein blöder Spruch. Schliesslich war dies im Mittelalter eine furchtbare Folter.* Heute Mittag hatte sie das für sie so wichtige Treffen mit Pedro Alvare. Seit Tagen bereitete sie sich darauf vor, sie las alle möglichen Boulevardhefte um sich Gedanken zu machen, was sie Pedro im vorgetäuschten Interview alles fragen könnte. *Ich bin ja so was von blöd, warum tu ich mir das überhaupt an? Bin ich schon völlig durchgedreht?* Sie stand vor ihrem Kleiderschrank und zerbrach sich zum x-ten Mal den Kopf darüber, was sie sich als Journalistin einer Modezeitschrift denn anziehen könnte. *So dick wie ich bin, ist das gar nicht so einfach. Der Alvare nimmt mir das doch nie und nimmer ab, dass ich bei einer Modezeitschrift arbeite, ich mit meiner überdimensionalen Figur.* Am Tag zuvor hatte sie einen Termin bei ihrer Coiffeuse und anschliessend ging sie zum ersten Mal in ihrem Leben zu einer Kosmetikerin. Sie musste schliesslich attraktiv aussehen, trotz ihres Übergewichts. Und in der Tat war sie mit dem Lifting bei der Kosmetikerin, wie sie es selbst nannte, sehr zufrieden als sie in den Spiegel blickte. *Bin das wirklich ich, gar nicht mal so übel.* Aber eben die Bekleidung, das war wahrlich eine Herausforderung. Endlich entschied sie sich für ein dunkelblaues Kleid, in dem sie sich ganz gut gefiel. Das Kleid kaufte sie vor einigen Monaten, als sie zusammen mit Sabrina in Aarau auf Shoppingtour war. Gerade auch aus diesem Grund fand sie die Bekleidung mehr als nur passend. Ausgestattet mit Fotoapparat, Diktaphone und Notizblock, aber auch mit einem kleinen Klappmesser und einem Pfefferspray, machte sie sich auf den Weg zur Villa von Pedro Alvare. Sie kam sich vor als würde sie den Paten persönlich besuchen, denn sie verglich Alvare durchaus mit einem allmächtigen Mafiaboss.

Hier wohnst du also, du verdammter Killer, du rücksichtslose Bestie, was du bist. Jolanda stand kurz vor 15 Uhr vor dem imposanten Zuhause des Pedro Alvare und blickte abwechselnd zur Villa und zum Zürichsee. Schliesslich trat sie entschlossen zur Eingangstüre und drückte auf den Klingelknopf. Sie musste nicht lange warten, schnell vernahm sie nahende Schritte. «Guten Tag, Sie müssen Frau Fischli sein, nicht wahr?» Mit seinem charmantesten Lächeln öffnete Pedro Alvare die Türe und lächelte Jolanda an, so als könnte er kein Wässerchen trüben.

«Oh hallo, ja ich bin Franziska Fischli von der Modezeitschrift Anatevka. Guten Tag Herr Alvare.» *Wieso macht der Kerl die Türe denn selbst auf, ist er etwa alleine Zuhause? Pass bloss auf dich auf Jolanda!* «Warum denn so förmlich liebe Franziska, meine Freunde nennen mich Pedro. Und die Vertreter der Presse sollte man doch immer als Freunde betrachten, da pflichten sie mir bestimmt bei, nicht wahr? Aber treten sie doch bitte ein. Allerdings muss ich sagen, ich bin etwas verwundert.»

«Verwundert?», fragte Jolanda beim Eintreten mit einer aufkommenden Unsicherheit, die sie versuchte zu verdecken. *Ahnt er denn schon etwas? Hat er mich bereits durchschaut?* «Warum denn verwundert? Das müssen Sie mir erklären.»

«Nun Franziska, heute ist doch der 1. Mai, haben sie denn nicht frei?»

«Oh, das meinen Sie, Pedro», antwortete Jolanda mit einer gewissen Erleichterung. «Ich habe gar nicht daran gedacht, dass heute der 1. Mai ist, als wir letzte Woche den Termin abgemacht haben. Aber wenn ich lieber ein anderes Mal kommen soll, dann …» Schon wollte sich Jolanda umdrehen, es wäre ihr mehr als angenehm gewesen, die Villa so schnell wie möglich wieder verlassen zu können.

«Aber nein, ganz und gar nicht, folgen sie mir bitte.» Pedro schritt voran, während Jolanda die prunkvolle Villa beim Weitergehen immer mehr bewunderte. «Darf ich ihnen zur Begrüssung einen Prosecco anbieten?»

«Oh, ich weiss nicht, ich trinke eigentlich keinen Alkohol bei der Arbeit.»

«Eigentlich ist ein Wort, das so viel wie gar nichts heisst. Eigentlich ist weder Fisch noch Vogel. Mein Leitspruch ist: Kaffee am Morgen, vertreibt Kummer und Sorgen. Prosecco am Abend, ist erquickend und labend.»

«Aber es ist ja nicht Abend, sondern erst Mittag.» Jolanda wollte unter allen Umständen einen klaren Kopf bewahren. Alkohol zu trinken, hielt sie im Augenblick für gar keine gute Idee. Sie hatte Angst, deswegen die Kontrolle über die so schon schwierige Situation zu verlieren.

«Mittag? Oh nein, schauen sie doch hinaus, der Himmel ist so dunkel, als wäre es kurz vor dem Einnachten. Also doch ein Prosecco.» Pedro schlenderte in die Küche und kam kurz darauf mit einer Flasche Prosecco in einem Eiskühler, zwei Sektgläsern und einem Teller mit Knabbersachen zurück. Er lachte sein unschuldigstes Lächeln, als er mit Jolanda anstiess und fragte: «Nun, hübsche Franziska, was wollen sie wissen? Was wollen sie Ihrer Leserschaft über mich berichten? Welche dunklen Geheimnisse soll ich Ihnen offenbaren?»

Am liebsten, wie du Sabrina umgebracht hast, du Scheisskerl. Jolanda musste sich sehr zusammenreissen, sie durfte sich überhaupt nichts anmerken lassen, sonst könnte es sehr gefährlich werden, das war ihr bewusst. *Was verspreche ich mir eigentlich davon, dass ich hier bin?* Nach etwas mehr als zwei Stunden verliess Jolanda die Villa wieder und ging mit schnellen Schritten in Richtung der nächsten Busstation. Sie musste so schnell wie möglich nach Hause, um sich zu duschen, damit sie sich vom Händedruck und den Blicken des Pedro Alvare wieder befreien konnte.

Und jetzt, was mache ich jetzt? Im Grunde genommen habe ich gar nichts herausgefunden, was ein Hinweis auf den Tod von Sabrina hätte sein können. «Das war eine Schnapsidee von mir», sagte sie laut und wütend zu sich, während sie auf den Bus wartete. *Ich werde alles was ich weiss der Polizei melden, sollen die sich doch drum kümmern.*

18 (Montag, 22. April 2013)

I got my first real six-string. Bought it at the five-and-dime. Played it 'till my fingers bled. Was the summer of 69. «Hallo Schätzchen, wie geht es dir? Bist du schon aus den Federn gehüpft, meine kleine süsse Sabrina-Maus?»

«Nicole, du?» Sabrina rieb sich die Augen und blickte gähnend auf ihre Uhr. Sie wunderte sich sehr darüber, dass sie am frühen Montagmorgen, bereits kurz nach sieben Uhr einen Telefonanruf von Nicole Schmidlin bekam. «Was ist denn los?» Seit Sabrina vor drei Monaten von Pedro Alvare aufs brutalste vergewaltigt wurde, war es das erste Mal, dass sich Nicole wieder bei ihr meldete. Innert Sekundenbruchteilen war Sabrina hellwach und schnellte buchstäblich wie eine überspannte Feder aus ihrem Bett heraus. *Jetzt bin ich mal gespannt was du von mir willst.* Sabrina hatte damit gerechnet, nie wieder etwas von ermodcast.ch zu hören und im Grunde genommen hatte sie es auch gehofft, sehr gehofft.

«Hast du heute um 13 Uhr Zeit für ein Fotoshooting? Es geht um eine ganz grosse Sache, jetzt kommt dein Durchbruch, das wirst du schon sehen!» Nicole schien auf einer richtigen Euphoriewelle zu schweben. Eine Welle, die in abgeschwächter Form im Laufe des Gesprächs auch auf Sabrina hinüber schwappte, wenn auch nur zögerlich.

Ein Fotoshooting! Mit einer Einladung zu einem Fotoshooting begann vor etwas mehr als drei Monaten ihr unendlicher Horrortrip in der Villa von Pedro Alvare. Wollte er das Ganze wiederholen?

Diesmal vielleicht noch barbarischer? Sabrina wurde es beinahe schwarz vor ihren Augen, sie musste sich wieder hinsetzen. Einen kurzen Moment schloss sie ihre Augen und sah noch einmal in aller Deutlichkeit, wie Pedro lüstern und gierig über sie herfiel. Sie versuchte etwas zu sagen, aber sie brachte keinen Ton heraus, ihr Hals war wie verschnürt. *Bleib bei Sinnen, Sabrina, du musst unbedingt bei Verstand bleiben.* «Was ist los?» Nicole wurde wohl schon etwas ungeduldig. «Bist du noch dran?»

«Jaja, natürlich, nur …», stammelte Sabrina ins Telefon, während sie ihre Augen wieder öffnete, um zurück zur Realität zu kommen.

«Was nur? Geht es dir nicht gut? Tu tönst so merkwürdig! Du bist doch nicht etwa krank?»

«Nein, nein, alles okay. Es ist bloss, ich habe schon lange nichts mehr von dir, beziehungsweise von ermodcast gehört. Ich dachte eigentlich …»

«Du dachtest wohl, dass wir dich vergessen haben, dass du uns nun los bist», lachte Nicole. Ein Lachen, das für Sabrina nicht hätte falscher tönen können. «Aber nein, wir haben doch nur auf den richtigen Augenblick gewartet, um dich im ganz grossen Rampenlicht erscheinen zu lassen. Wie eine helle funkelnde Sternschnuppe in der dunklen Nacht wirst du erstrahlen. Du wirst noch an meine Worte denken, Sabrina-Maus.»

Rampenlicht, Sternschnuppe … Am liebsten hätte Sabrina das Telefon weit weggeworfen. Aber konnte sie das riskieren, würde das Pedro nicht noch mehr provozieren, wenn sie das Angebot ablehnen würde? Es könnte ja sein, dass es sich diesmal tatsächlich um ein ganz seriöses Angebot handelte. *Darf ich denn so blauäugig sein?* Ja, Sabrina Eckert war so blauäugig. «13 Uhr? Das ist kein Problem. Wo soll ich denn hinkommen und was soll ich anziehen?» Sabrina eilte ins Bad, zog ihren engen dunkelgrünen Slip nach unten und setzte sich aufs Klo. *Das macht eine feine Dame ja nicht wirklich, aber ich muss jetzt ganz einfach pissen. Mir egal, ob Nicole das mitkriegt oder nicht.* Und schon entlud sie ihre übervolle Blase plätschernd in die Toilette.

«Also pass auf, Mäuschen. Am besten ziehst du dich so richtig schön sexy an. Du hast doch diesen unglaublich knappen scharfen schwarzen Minirock. Der ist passend, und dazu eine weisse Bluse und deine roten High-Heels, okay?»

«Ja, das ist okay, aber …»

«Du kriegst dann selbstverständlich schon noch andere Klamotten, aber dein Outfit fürs erste Auftreten vor unserem Kunden muss natürlich der Hammer sein, klar? Es muss ihn ganz einfach umwerfen!»

«Und wer ist der Kunde?», erwiderte Sabrina argwöhnisch.

«Das darf ich dir leider nicht verraten. Was ist jetzt, willst du den Job oder soll ich etwa lieber Cécile anrufen? Es liegt ganz in deiner Macht, du hast dein Glück selbst in der Hand.»

Klar denken, ich muss klar denken! Sabrina versuchte sich zusammen zu reissen. «Nein, schon okay. Alles klar, und wo soll ich hinkommen, in euer Büro in Zug, oder …». Sie wagte es nicht, zu fragen, ob sie in Pedros Villa am Zürichsee kommen sollte.

«Ach Sabrina-Maus, diesmal ist alles ganz anders. Kudi wird dich um 13 Uhr bei dir Zuhause abholen.» Nach einer kurzen Pause sprach Nicole geheimnisvoll, aber auch mit einer gewissen Drohung weiter: «Und Sabrina, erzähl bitte niemandem etwas davon, es ist ein Riesending!»

«Ja klar, natürlich», nun kam Sabrina die ganze Angelegenheit wieder sehr mysteriös vor. Ausgerechnet Kudi sollte sie abholen, Kudi, der sie bei der bestialischen Vergewaltigung filmte und ihr nicht mal mit dem kleinen Finger geholfen hatte. *Es war ihm scheissegal was mit mir geschah!* Grundsätzlich glaubte sie an das Gute im Menschen, aber seit jenem eisigen Januartag war dies alles ganz anders geworden. *Okay, dann geh ich halt, was soll denn noch Schlimme-*

res geschehen? Die knapp sechs Stunden vom Telefonanruf bis Kudi sie abholen würde, diese sechs mal sechzig Minuten vergingen wie im Raketentempo. Völlig aufgewühlt zog sich Sabrina das gewünschte Outfit an und machte sich schön. Voll gestylt wartete sie auf ihren Chauffeur, und mit jeder Minute die näher an 13 Uhr rückte, wurde ihr Gefühl immer mulmiger.

Ich hätte Jolanda die Sache mit der Vergewaltigung erzählen sollen. Oder sogar meinem Vater! Aber nein natürlich nicht, was hätte er denn von mir gedacht? «Selber schuld, so wie du immer rumläufst!» Meine Mutter, ich sollte wenigstens meine Mutter informieren, dass ich zum Fotoshooting gehe. Genau, das muss ich doch tun. Noch blieb ihr Zeit, den Termin abzusagen. Zum wiederholten Male nahm sie ihr Mobiltelefon in die Hand, um Nicole anzurufen oder ihr ein SMS zu senden. Aber konnte es nicht sein, dass es sich dieses Mal wirklich um etwas ganz Harmloses handelte? Vielleicht würde sie ja doch noch den Durchbruch als Fotomodell schaffen und eine ganz grosse Karriere auf dem Laufsteg machen können. Davon hatte sie doch als kleines Mädchen schon geträumt und manchmal werden ja Träume wahr.

Um 12.58 Uhr vernahm sie ein knatterndes Motorengeräusch, das sich ihrem Zuhause näherte. Und schon sah sie ihn um die Ecke kommen. Kudi Roggenmoser fuhr einen alten Ford Taunus, Baujahr 1976. Dieses Fahrzeug war sein ganzer Stolz, auch wenn es den Anschein machte, dass das Auto jeden Moment auseinanderfallen könnte.

Der Chauffeur trug heute eine schwarze Lederhose und ein weisses Hemd mit einem Gilet, was ihn auf eine gewisse Art und Weise adrett aussehen liess. Auch seine Haare schienen heute nicht so fettig wie sonst zu sein und tatsächlich war Kudi frisch rasiert, dies alles fiel Sabrina auf, als sie in den Taunus stieg und ihm ein kurzes beiläufiges «Hallo» zukommen liess.

«Hej», erwiderte Kudi bloss, ohne sie auch nur eines Blickes zu würdigen und bevor Sabrina sich angeschnallt hatte, fuhr er denn auch schon wieder los. Beide, Kudi wie auch Sabrina, schafften es nicht, sich bei der Begrüssung in die Augen zu sehen, zu viel war geschehen an jenem kalten Januartag in Pedros Villa. Was folgte, war eine Autofahrt von etwa 45 Minuten. Eine Fahrt, die ohne jedes Wort der beiden Reisenden vonstattenging.

Noch konnte Sabrina nicht ahnen, dass sie ihr Zuhause, ihre Eltern, ihre Freunde nie wiedersehen würde. Soviel Schlechtigkeit hatte sie der Menschheit ganz einfach nicht zugetraut.

Seit der schlimmen Vergewaltigung Sabrinas durch Pedro war es das erste Mal, dass Kudi Sabrina heute wiedersah. Wie oft in diesen drei Monaten musste er an dieses Ereignis denken, immer wieder erwachte er nachts aus seinem Schlaf, da er von der Vergewaltigung träumen musste. Beinahe täglich nahm er sich vor, sich bei Sabrina zu melden, sie zu fragen wie es ihr ging, ihr zu sagen, dass er nicht so schlimm sei, wie sie nun mit Bestimmtheit von ihm denken musste. Doch der Mut verliess ihn jeweils, bevor er auch nur die erste Zahl von Sabrinas Telefonnummer eintippen konnte.

Kudi Roggenmoser lebte in einer kleinen Zweieinhalb-Zimmer-Wohnung in einem Vorort von Zürich. Es war keine wirklich einladende Wohnung, die nur spärlich möbliert war und einen nicht sonderlich aufgeräumten Eindruck erweckte.

Er musste mehrmals leer schlucken, als er am Sonntagabend den Auftrag von Nicole Schmidlin bekam, Sabrina am Montag um 13 Uhr abzuholen. *Was soll denn das? Was hat Pedro denn jetzt wieder vor?* «Es ist ein enorm wichtiger Termin, verstehst du Kudi?», flötete Nicole am Telefon. «Also zieh dir etwas Elegantes an und geh bitte unter die Dusche bevor du Sabrina abholen wirst.»

Sollte er Sabrina nicht anrufen, sie warnen, da er etwas Böses ahnte? *Aber nein, das kann ich nicht, ich darf Pedro nicht in den Rücken fallen.* Kudi Roggenmoser wusste sehr wohl, wie brutal sein Chef Pedro mit Personen umgehen konnte, die ihn verrieten oder nicht seinem gewünschten Schema entsprachen.

Die Autofahrt führte durch den strömenden Regen hindurch in ein Restaurant in der Nähe von Aarau. «Zum goldenen Esel», so stand es über dem Eingang, neben dem ein Schild hing mit der Aufschrift «Geschlossen».

«Wir sind am Ziel», es waren die ersten Worte, die Sabrina von Kudi zu hören bekam. Er stellte seinen Taunus auf den Parkplatz und nickte in Richtung des geschlossenen Restaurants. «Nicole Schmidlin und der Kunde erwarten dich hier.»

«Hier? Das Restaurant ist doch gar nicht offen.»

«Ich bin nur der Chauffeur. Nicole hat gesagt, ich solle dich hierherbringen und auf dem Parkplatz auf weitere Instruktionen warten. Manchmal verlaufen solche Fotoshootings sehr geheimnisvoll.»

Rund eine Minute lang blickte Sabrina zum Restaurant hinüber. *Ein geschlossenes Restaurant, warum denn nur ein geschlossenes Restaurant?* «Soll ich dich wieder nach Hause fahren?» Kudi Roggenmoser nahm all seinen Mut zusammen und wollte den Taunus, den er auf den Namen «Oldie Face» getauft hatte, schon wieder starten, da erblickte er Nicole, die ihnen vom Restauranteingang her zuwinkte. «Sabrina, pass auf dich auf!»

«Das sagst ausgerechnet du?» Sabrina schien ihren Ohren nicht zu trauen. Sie öffnete die Fahrzeugtüre und schnell sprang sie zum Restaurant hinüber. So gut es ging schützte sie sich mit ihren Händen und ihrer Handtasche gegen den nieder prasselnden Regen.

In der Gaststube des Restaurants angekommen reichte ihr Nicole ein Papiertaschentuch, damit sie sich abtrocknen konnte. «Danke.» Ihr

Blick schweifte umher, noch konnte sie nichts verdächtiges erblicken.

«Soll das Fotoshooting denn hier stattfinden?»

Undurchsichtig lächelnd blickte Nicole sie an. «Fotoshooting? Ach ja, das Fotoshooting. Nun sagen wir es so: Hier wird heute etwas geschehen, das dich zu einer Schlagzeile machen wird. Das wolltest du doch immer, nicht wahr?» Dann ging alles sehr schnell, so schnell, dass es für Sabrina unmöglich war, sich zu wehren. Nicole ergriff eine Spritze aus ihrer Handtasche, packte Sabrinas rechten Arm und schon versank die Nadel in ihrer Vene.

«Au, was soll das! Bist du wahnsinnig!»

«Ich nicht, aber du wirst schon bald die ersten Zeichen des Wahnsinns erleben!»

Sabrina wollte sich wenden und das Restaurant auf dem schnellsten Wege wieder verlassen. Doch da tauchten aus einem Nebenraum auch schon zwei Männer auf, die sie auf den Boden drückten, während Nicole die Türe des Restaurants verschloss. Die Männer taten was ihnen geheissen wurde, sie waren bloss zwei Handlanger des mächtigen Pedro Alvare, daher eigentlich unbedeutend. Sie entrissen der flehenden, jammernden Sabrina die Handtasche und das Mobiltelefon.

Schon sehr bald wurde die vergiftete Sabrina merklich unruhig, unaufmerksam und zerfahren. Sie begann mit sich selbst zu reden und offenbarte psychische abartige Reaktionen. Ihre Haut begann sich zu röten, die Pupillen der Augen vergrösserten sich zusehends, ihr Herz begann wie wild zu rasen. Als Folge von Illusionen und Halluzinationen kauerte sich Sabrina in eine Ecke, kroch auf allen Vieren durchs Zimmer und lief im Kreise herum. Als die Erregungszustände abgeklungen waren, begann sich Sabrinas Bewusstsein zu trüben und die Berauschte fiel in einen tiefen Schlaf.

Aus diesem Schlaf wäre Sabrina auch nach mehreren Stunden, geschwächt und unfähig, zusammenhängend zu denken, wieder aufgewacht. Die Erinnerung an das Vorgefallene wäre zum Teil gänzlich ausgelöscht gewesen. Doch die Dosis war derart hoch, dass nach der Bewusstlosigkeit eine Atemlähmung erfolgte, was für Sabrina nur noch tödlich enden konnte!

Oh Gott, warum ich, warum lässt du mich nicht leben? Ich wollte es doch nur schön haben auf der Welt, ist das jetzt die Strafe dafür, dass ich erfolgreich sein wollte? Das kann doch nicht so schlimm sein. Warum ich, oh lieber Gott, warum ich, warum denn ausgerechnet ich? Ich bin jung und hübsch und habe dir nichts, aber auch rein gar nichts getan. Warum ich? Warum darf ich nicht mehr leben? Es gibt Tage, die hätten nie das helle Licht der Welt erblicken sollen, die hätten niemals von Gott geboren werden dürfen. Es gibt Tage, an denen das Blut in den Adern gefriert, an denen das Lachen der Kinder verstummt, an denen das Pfeifen der Vögel sich wie Fliegeralarm anhört, wo sich ein zartes Streicheln wie Schläge mit einer steinernen Keule anfühlen. Genau heute war ein solcher Tag, das war Sabrina nun mit aller Macht und Deutlichkeit klar geworden, aber es war zu spät, es war viel zu spät …

Sabrina wurde mit Atropin vergiftet, das vor allem aus der Tollkirsche gewonnen wird. In der Medizin wird Atropin in geringen Dosen wirksam eingesetzt, so zum Beispiel bei der Narkoseeinleitung. Tödlich wirkt Atropin erst in sehr hoher Dosierung. Die letale Dosis beträgt bei Atropin 453 mg. Die letale Dosis (LD) ist in der Toxikologie die Dosis eines bestimmten Stoffes oder einer bestimmten Strahlung, die für ein bestimmtes Lebewesen tödlich (letal) wirkt. In der Spritze von Nicole befanden sich 500 mg, Sabrina hatte nicht die geringste Chance zu überleben!

Nicole beugte sich über die leblose Sabrina und fühlte ihren Puls. «Es ist vorbei, sie ist tot.»

Pedro Alvare, der während Sabrinas Todeskampf mit einer weissen Rose in der Hand in die Gaststube eintrat, begann zu lachen:

«Das ist dein Ende Baby, du bist am Ende des Laufstegs angekommen!»

Niemand in Alvares Umfeld wusste, weshalb er seine Opfer mit einer weissen Rose schmückte, warum die weissen Rosen für ihn so elementar wichtig waren. Niemand konnte erahnen, dass dieses Ritual vor vielen Jahren an einem ganz entfernten Ort seinen Anfang nahm. Und auch wenn Kriminalkommissarin Petra Neuhaus zunächst davon ausging, dass der Fundort der Leiche im Wald mit der weissen Rose zusammenhängen musste, so war dies ein mehr als klarer Trugschluss.

Als Kind lebte Pedro mit seinen Eltern und vier Geschwistern, zwei jüngere und zwei ältere, auf einem ärmlichen Bauernhof rund 50 Kilometer von Uruguays Hauptstadt Montevideo entfernt. Alvares Mutter Lisa Blanca versuchte alles, um es ihren Kindern so angenehm wie nur möglich zu machen, sie sollten es dereinst besser haben als sie selbst. Sie wurde in jungen Jahren von ihrem eigenen Vater missbraucht, lernte dann Enrique Francesco Alvare kennen, der sie mit knapp 20 Jahren zur Frau nahm. Zunächst war alles ganz gut, das junge Paar bekam schon bald ihr erstes Kind, sie arbeiteten hart auf ihrem Bauernhof und sie waren guter Hoffnung, dass es ihnen eines Tages finanziell so gut gehen würde, dass sie ohne Sorgen den Alltag meistern konnten.

Doch es kam ganz anders, die Familie wuchs auf fünf Kinder an, jedes Kind wurde zu einer noch grösseren finanziellen Belastung. Nebst der Tätigkeit auf dem Bauernhof begann Enrique in einer Fabrik in Montevideo zu arbeiten, um seine Familie zu ernähren. Doch Enrique war der Belastung nicht gewachsen und er begann zu trinken, zunächst nur so zum Spass, ab und zu mal nach der Arbeit als Ablenkung vom alltäglichen Stress. Dann aber immer häufiger, bis er schliesslich täglich seine Flasche Rum brauchte oder gleich mehrere.

Der Alkohol machte aus dem sonst so liebevollen Ehemann und fürsorglichen Vater, einen aggressiven und gewalttätigen Tyrannen. Unberechenbar wurde er dann für seine Mitmenschen, wiederholt schlug er seine Frau und Kinder, bis sie blutig vor ihm auf dem Fussboden lagen. Am nächsten Morgen, als er wieder nüchtern war, tat ihm dies alles unendlich leid, er war am Boden zerstört und versprach bei allem was ihm heilig war, nie wieder auch nur einen Tropfen Alkohol zu trinken. Doch beinahe täglich wiederholte sich dieser furchtbare Albtraum für Lisa. Jeden Abend brachte sie ihre Kinder vor Enriques Ankunft in Sicherheit, in den Geräteschuppen neben dem Wohnhaus.

Sie selbst jedoch versuchte täglich ihrem Mann eine gute Ehefrau zu sein und sie hoffte, er würde dereinst wieder so werden, wie sie ihn kennengelernt hatte. Doch eines Abends eskalierte der Streit, Enrique verlangte in seinem furchtbaren Wahn sexuelle Praktiken von Lisa, die sie nicht bereit war zu leisten. Dann nahm Enrique einen Küchenstuhl und dreschte solange auf seine um Hilfe schreiende Frau Lisa ein, bis sie schliesslich leblos und blutüberströmt vor ihm lag. Im gleichen Augenblick als Lisa niedergestreckt zu Boden ging, realisierte Enrique trotz seines Alkoholrausches, was er getan hatte. Weinend schritt er hinaus in den Garten, schnitt eine weisse Rose ab, trat wieder ins Hausinnere und legte die Rose auf seine tote Frau Lisa. Denn weisse Rosen, das waren Lisa Blancas Lieblingsblumen. Sie sagte immer wieder: «Wenn ich einmal tot bin, so möchte ich auf meinem Grab nichts anderes als eine weisse Rose.»

Pedro war damals gerade zehn Jahre alt, er vernahm die Hilfeschreie seiner Mutter aus dem Geräteschuppen, eilte hinaus und sah dann, wie sein Vater aus dem Haus stürmte. Er beobachtete ihn, wie er die weisse Rose schnitt und dann auf den reglosen, blutenden Körper seiner Mutter legte.

Enrique Francesco kniete neben Lisa Blanca und Pedro hörte

seine Worte: «Warum Lisa, warum hast du nicht getan was ich wollte. Dann hätte ich dich nicht bestrafen müssen. Frauen müssen bestraft werden, wenn sie den Männern nicht gehorchen!»

Am nächsten Morgen stellte sich Enrique selbst der Polizei und die Kinder kamen allesamt in ein Heim. Den Satz «Frauen müssen bestraft werden, wenn sie den Männern nicht gehorchen!», diesen Satz vergass Pedro zeit seines Lebens nicht mehr. Er prägte sich so sehr in seinen Kopf ein, dass er, je älter er wurde, davon überzeugt war, dass sein Vater so handeln musste. Dass es nie soweit gekommen wäre, wenn seine Mutter ihm gehorcht hätte.

«Das ist dein Ende Baby, du bist am Ende des Laufstegs angekommen!» Für Pedro war eindeutig klar, dass Sabrina nie hätte sterben müssen, wenn sie vom ersten Augenblick an getan hätte, was er denn von ihr verlangte. Ihr Tod war nichts anderes als ein würdiges Ende eines Projekts, das nicht von Erfolg gekrönt gewesen war.

«Schafft sie mir aus den Augen, bringt sie weit weg von hier!», sprach Pedro befehlend zu den beiden Handlangern mit den Namen Amadeus und Wolfram.

«Und wohin Chef?», wagte Amadeus zu sprechen und seinen Arbeitgeber zu fragen.

Wütend antwortete Pedro: «Hast du nicht gehört, einfach weg von hier!»

Noch am gleichen Tag schafften Amadeus und Wolfram die tote Sabrina in den Wald nach Laufenburg, dorthin wo sie dann von Hans-Peter aufgefunden wurde. Wolfram kam aus dem badischen Laufenburg und kannte den Wald auf der schweizerischen Seite sehr gut, daher haben sie das Opfer dann dorthin gebracht. Unterwegs vernichteten sie auf Anweisung von Pedro Sabrinas Handtasche mit ihren Ausweisen und dem Handy. Wie geheissen zogen sie Sabrina dann im Wald ihren Slip nach unten und legten eine weisse Rose auf ihr nacktes Hinterteil.

19 (Freitag, 03. Mai 2013)

Schon seit etwa einer halben Stunde sass die Kriminalkommissarin Petra Neuhaus bereits im Zimmer von Sabrina Eckert und schaute sich um. Der Bürostuhl, auf dem sie sass, war etwas wacklig auf den Beinen. Das war aber auch schon der einzige Makel, den sie ausmachen konnte. Ihre Blicke glitten den Wänden entlang zum Bett, zum Kleiderkasten, wieder zurück auf den Schreibtisch. *Es ist alles so verdammt normal hier, einfach zu normal, zu aufgeräumt. So ordentlich lebt und wohnt doch keine junge Frau. Wenn ich denke, wie meine Schwester Anita und ich in unseren Teenagerjahren gehaust haben. Wir benötigten eigentlich gar keinen Kleiderkasten, denn unsere Klamotten lagen sowieso meist auf dem Boden oder sonst wo herum.* Zum wiederholten Male überlegte sich Petra, weshalb das Zimmer von Sabrina wohl so klinisch rein war. Bereits als sie das erste Mal mit Erwin Leubin hier war, so fiel ihnen das sofort auf. Auch die Spurensicherung konnte nichts, aber auch rein gar nichts finden, das aussergewöhnlich erschien. Das einzige was zu finden war, das waren einige bereits gelöschte unbedeutende E-Mails von und an Nicole Schmidlin von ermodcast.ch. Doch wer hatte den Inhalt, die Dateien des Computers gelöscht? Die Spurensicherung fand nicht den geringsten Hinweis auf einen Einbruch im Hause der Familie Eckert. Auch die Eltern von Sabrina beteuerten mehrmals, dass kein Einbruch stattgefunden hatte, dies hätten sie ganz sicher bemerkt.

Petra stand auf und zog den mattweissen Vorhang des Fensters zur Seite. Der Blick ihrer müden Augen war auf den Hallwilersee gerichtet, das Wasser lag friedlich vor ihr. «Still ruht der See, er ladet zum Bade. Ich find's eigentlich schade. Du schöne Stille ade», sagte sie zu sich selber und musste etwas schmunzeln. Sie dachte an einen längst vergangenen Tag zurück, als sie hier am Hallwilersee mit ihrem ersten Freund, mit Sebastian, zum Baden verweilte. *Von wem ist dieses Gedicht eigentlich? Ach ja, vom deutschen Heilpraktiker, Schriftsteller und Maler Erhard Blanck. Über ihn haben wir doch in der Schule mal was gehabt.* Nun fiel Petra noch ein weiteres Zitat von Blanck ein, das sie mal gelesen hatte: «Am Beispiel von Viagra kann man am besten die Funktion von Medikamenten erkennen. Es war fürs Herz konzipiert, und nun dient es dem zweitwichtigsten Organ des Mannes». *Tja, Recht hat er, der Blanck, aber das ist im Moment nicht von Bedeutung, ich muss mich konzentrieren.* Petra schloss ihre Augen, die vor Müdigkeit gereizt waren und juckten, hatte sie etwas übersehen? Immer wieder gingen ihr die gleichen Fragen durch den wieder mal schmerzenden Kopf. Drei Ponstan hatte sie heute schon geschluckt und noch immer pochte und hämmerte ihr Kopf wie verrückt. *Warum war das Zimmer von Sabrina praktisch steril? Wer hat den Inhalt ihres Computers gelöscht? Und warum haben Sabrinas Eltern keine Informationen zur Fotomodellkarriere ihrer Tochter? Es war ein Traum, der für Sabrina in Erfüllung ging, sie muss ihren Eltern doch darüber berichtet haben. Ich an ihrer Stelle hätte alles was mit meiner Karriere zusammenhing sofort und brühwarm meiner Mutter erzählt. Ich hätte gewollt, dass sie teilnimmt an meinem Leben. Die wichtigsten Dinge in Sabrinas Leben waren ihre Karriere als Fotomodell und ihre Beziehung zu ihren Eltern.* Urplötzlich riss sie ihre Augen auf – natürlich, so musste es gewesen sein. Sie zog den Vorhang wieder zurück, stellte den Bürostuhl schön ausgerichtet an den Schreibtisch und verliess Sabrinas Zimmer. Schnellen Schrittes ging sie über die Treppe hinunter ins Wohnzimmer von Anton und Hilda Eckert. *Wie gut, dass*

Sabrinas Vater heute nicht Zuhause ist. Hilda Eckert sass auf dem Sofa und sinnierte tieftraurig und in sich gekehrt vor sich hin. «Frau Eckert, darf ich mit Ihnen sprechen? Haben Sie etwas Zeit für mich?» Noch etwas zögernd trat Petra näher.

Die gebrochene Frau schaute mit trostlosen und geröteten Augen zu Petra auf und meinte nur: «Aber wir haben ihnen doch schon alles gesagt, Frau Neuhaus, wir wissen nichts.»

Doch mit dieser Antwort liess sich Petra nicht abspeisen, nicht mehr. «Und genau das glaube ich ihnen nicht, ich kann es ihnen nicht mehr glauben, Frau Eckert. Geben sie ihrem Herzen einen Stoss und sagen sie mir bitte, was sie wissen. Erlösen sie sich selber von ihrer Pein.» Petras Worte richteten sich sehr gezielt und auch mit einer gewissen Strenge an Hilda Eckert, die sie beinahe wie in einer Schockstarre anschaute.

Wenige Sekunden vergingen, in denen Hilda Eckert sichtlich versuchte gefasst zu bleiben. Sie kämpfte buchstäblich mit sich selbst. Doch es gelang ihr nicht, es konnte ihr nicht mehr gelingen, nach allem was geschehen war. Ihr Atem ging schwer, sie begann zu zittern, warme Tränen kullerten ungehemmt über ihre kalten Wangen. «Ja verdammt, ich weiss alles, alles! Aber mein Mann und ich haben uns geschworen nichts zu sagen, sonst bringt er uns auch noch um!»

Na also doch, Gott sei Dank! «Er? Wer, Frau Eckert? Wer ist Er?» Der Körper von Petra Neuhaus begann sich anzuspannen. Sie wusste bereits, welche Antwort sie bekommen würde, zumindest hoffte sie es. Sie drückte sich innerlich die Daumen.

«Dieser Alvare, dieser verdammte Scheisskerl, dieses Monster, diese verfluchte Bestie, dieser …», nun waren alle Dämme gebrochen und Hilda Eckert weinte erbärmlich vor sich hin. Petra Neuhaus setzte sich zu ihr und nahm sie in ihre Arme. Es war um Hilda geschehen, nun sprudelten ihre emotionsgeladenen Worte wie ein tosender Wasserfall aus ihr heraus. «Wie oft habe ich sie beschworen, sie solle sich doch bei einer anderen Agentur bewerben. Eine Agentur, die seriös war, und nicht so undurchsichtig wie diejenige von Alvare.»

Vom allerersten Tag an zog Sabrina ihre Mutter ins Vertrauen. Sie erzählte ihr alles über ihre Karriere, über die Tätigkeiten als Fotomodell, über die Pornofilm-Forderungen von Pedro Alvare, alles offenbarte sie ihr. Alle Warnungen ihrer Mutter waren jedoch umsonst. Die heile Welt der Familie Eckert zerbrach wie dünnes Eis an jenem kalten Januartag, als Sabrina weinend nach Alvares Vergewaltigung zuhause ankam.

Hilda und Sabrina fassten einen Plan, den sie auch sofort ausübten. Gemeinsam vernichteten sie alles was Sabrina an Dokumenten, Fotos und so weiter von ermodcast und Pedro Alvare besass. Sie wollten nicht, dass Sabrinas Vater etwas von der Vergewaltigung erfuhr. Bis zum heutigen Tag hatte Anton Eckert wohl wirklich keine Ahnung, dass Sabrina dies alles geschehen war, welche unsagbar schreckliche Tat an seiner geliebten Tochter begangen wurde. Sabrina löschte auch alle Dateien von ihrem Computer, sie wollte nie wieder etwas mit diesem Scheusal zu tun haben.

Als Sabrinas Eltern dann vom furchtbaren Tod ihrer Tochter erfuhren, so war es für Hilda Eckert klar, dass nur Alvare hinter dieser furchtbaren Tat stecken konnte.

«Am Tage ihres Todes hat mir Sabrina eine Nachricht hinterlassen.»

«Wie bitte?» Petra konnte es nicht fassen, sie vermochte nicht zu glauben, dass Sabrinas Mutter solange alles zu verheimlichen versuchte. «Was für eine Nachricht?»

Hilda kramte einen Notizzettel aus ihrer Hosentasche hervor. «Hier, ich trage die Nachricht immer bei mir.» Mit noch immer zitternden Händen reichte sie der Kommissarin das zerknitterte und feuchte Blatt Papier. Feucht von den Tränen Hilda Eckerts. *Oh mein Gott, wie oft hat sie wohl das Blatt hervorgenommen, die Zeilen gelesen und geweint.* «Meine liebe Mutter, ich bin an einem Fotoshooting bei Alvare. Mach dir keine Sorgen, es wird mir nichts geschehen. Ich liebe euch ganz fest, eure Sabrina.» Zweimal las Petra die wenigen Worte, die für ihre Ermittlung wahres Gold bedeuteten. *Ja Alvare, wir kriegen dich, und ich lass dich bis ans Lebensende in der Zelle schmoren, das schwöre ich dir, so wahr mir Gott helfe.* «Mein Mann und ich hatten höllische Angst davor, dass sich Alvare an uns rächen würde, wenn wir der Polizei alles erzählen. Daher haben wir dann ihr Zimmer so aufgeräumt, dass sie nichts, aber auch rein gar nichts finden konnten.»

Petra ergriff die Hände von Hilda und sprach: «Wir werden Alvare verhaften und ihn einsperren, das habe ich ihnen ja schon versprochen. Haben sie keine Angst, es kann Ihnen nichts passieren, Frau Eckert.»

«Glauben sie das wirklich? Alvare ist der leibhaftige Teufel persönlich. Er wird auch aus dem Gefängnis heraus seine Kontakte spielen lassen, er ist allmächtig.»

Die Kommissarin wusste sehr wohl, dass dies der Fall sein konnte, dies lag durchaus in den Möglichkeiten Alvares. Aber in diesem Augenblick glaubte sie an die Gerechtigkeit und daran, dass das Böse zu besiegen war. Es musste ihr ganz einfach gelingen, Pedro Alvare zu fassen und ihn für immer aus dem Verkehr zu ziehen.

20 (Samstag, 04. Mai 2013)

Emsiges Treiben, das mit demjenigen auf einem übergrossen Ameisenhaufen zu vergleichen war, herrschte in den Räumlichkeiten der Kriminalpolizei in Aarau. Dies bereits seit den frühesten Morgenstunden, es durfte keine Zeit mehr verloren werden. Es stand ganz einfach zu viel auf dem Spiel.

«Die Staatsanwaltschaft in Zürich hat die Haftbefehle gegen Pedro Alvare, Kudi Roggenmoser und Nicole Schmidlin erlassen. Uns bleibt nur abzuwarten und zu hoffen, dass unsere Kollegen Erfolg haben werden.» Erwin Leubin unternahm einen weiteren Versuch um seine Arbeitskameradin Petra Neuhaus zu beruhigen, die nervös und wieder mal an ihren Fingernägeln kauend durch ihr Büro schritt. «Setz dich doch mal hin und renn nicht wie ein Tiger im Käfig auf und ab, das bringt doch rein gar nichts.»

«Abwarten und Tee trinken wie eine alte Grossmutter, das hat mir gerade noch gefehlt.» Wie gerne wäre sie dabei gewesen, wie sehr wünschte sie sich, sie könne Pedro Alvare selbst verhaften. Sie wollte in sein Gesicht schauen, während sie ihm mit Genuss die Handschellen anlegte. «Ich rufe jetzt in Zürich an, ich muss dabei sein!»

«Das machst du nicht!» Erwin stellte sich Petra in den Weg, als diese den Telefonhörer auf ihrem Schreibtisch ergreifen wollte. «Jetzt hab' doch endlich mal Vertrauen, die Zürcher kriegen das schon hin. Und vergewaltige deine schönen Fingernägel nicht mit deinen Zähnen, die können nämlich nichts dafür, sie sind unschuldig.»

«Weisst du Erwin, das ist unfair. Wir haben hier ein Opfer, wir wissen, wer die Täter sind, aber wir müssen tatenlos zusehen, wie die Zürcher dann die Lorbeeren einheimsen. Ausgerechnet die Zürcher, die die Aargauer sowieso nur belächeln und nicht ernst nehmen.»

So wie Petra das sah, war es natürlich nicht ganz korrekt. Interkantonal arbeiteten in der Schweiz die Kantone seit einigen Jahren im Rahmen regionaler Polizeikonkordate zusammen. Nun war es aber leider so, dass der Kanton Aargau zusammen mit den Kantonen Bern, Baselland, Basel-Stadt und Solothurn dem Polizeikonkordat Nordwestschweiz angehörte. Die Täter Pedro Alvare, Nicole Schmidlin und Kudi Roggenmoser wohnten leider im Kanton Zürich und dieser Kanton war nicht einem anderen Polizeikondordat angegliedert, funktionierte daher sozusagen eigenständig. Es gab zwar seit 2006 eine Vereinbarung, gestützt auf diese konnte ein einzelner Kanton zusätzliche Polizeikräfte aus anderen Konkordaten anfordern, wenn er ein Ereignis zu bewältigen hatte, das die eigenen Kapazitäten und jene der Nachbarkantone und der weiteren Kantone des eigenen Konkordats überstieg. Da die Kantonspolizei Zürich keine zusätzlichen Kräfte anforderte, so waren Petra Neuhaus und Erwin Leubin nun halt leider dazu gezwungen, den Dingen ihren Lauf zu lassen. Dies musste die leidende Kriminalbeamtin ganz einfach akzeptieren, ob sie wollte oder nicht.

«Dir geht es wohl hoffentlich nicht nur um den Ruhm?»

«Quatsch, ich will einfach, dass Alvare schnellstmöglich hinter Gitter kommt.» *Natürlich wäre es halt schon schön, wenn mein Konterfei auf der ersten Seite der Boulevardpresse zu sehen wäre. Das könnte sich durchaus positiv auf meine weitere Laufbahn und auf meinen Lohn auswirken.* Gefühlte hundert Stunden später war es zu Ende, das lange, das unendliche Warten der Petra Neuhaus. Gegen 16 Uhr kam Kriminalhauptkommissar Georg Huberty von Zürich in die Räumlichkeiten der Polizei Aarau, um sie über den Verlauf des heutigen Einsatzes zu informieren.

Georg Huberty, dessen Vater aus Deutschland und dessen Mutter aus Polen stammte, erlebte seine Kindheit in Emmetten, einem kleinen Bergdorf im Kanton Nidwalden. Dort fühlte er sich jedoch nie wirklich wohl und so zog es ihn schon in jungen Jahren in die Grossstadt, nach Genf, wo er die Polizeischule absolvierte und sich seine ersten Sporen als junger Polizist abverdiente. In Zürich lebte und arbeitete Huberty nun seit ziemlich genau fünf Jahren. Eine Familie hatte er ebenso wenig wie eine feste Beziehung, denn diese hätten ihm nur unnötige Fesseln angelegt. Huberty war ein freier Mann, ein Mann gross und kräftig wie ein Hüne, elegant gekleidet, offenbar sehr auf sein Äusseres bedacht und mit einer gehörigen Portion Selbstvertrauen ausgestattet. So trat er denn auch hoch erhobenen Hauptes ins Büro von Petra Neuhaus.

«Schön, sie kennen zu lernen, Frau Neuhaus. Ich habe schon viel Interessantes von ihnen gehört, werte Kollegin.» Mit einem kräftigen, warmen Händedruck begrüsste Georg Huberty seine Kollegin. Ungefragt und unaufgefordert setzte er sich auf den Stuhl gegenüber Petras Arbeitstisch, während seine Augen einem Sperber gleich durch das Büro glitten, um sich alles genau einzuprägen. Nichts schien seiner Aufmerksamkeit zu entgehen, nicht die geringste Kleinigkeit.

«Wenn sie auf meinen kleinen, nun sagen wir mal, Ausrutscher in Zug anspielen wollen, so muss ich ihnen gestehen, dass es eigentlich nicht meine Art ist, so …», Petra Neuhaus wollte eigentlich nur eines, nämlich die für sie so wichtigen Informationen über die Verhaftungen von Alvare und seinen Untergebenen. Dennoch benahm sie sich überaus rechtfertigend, dazu fühlte sie sich gegenüber Georg Huberty, weshalb auch immer, verpflichtet.

«Ach lassen wir das, das ist doch unwichtig. Leider kann ich ihnen nicht nur gute Nachrichten überbringen.» Die Zornesfalte auf seiner Stirn zog sich einen Sekundenbruchteil zusammen, was nichts Gutes verhiess. Mit seiner rechten Hand zog er seine dunkelrote

Brille ab, drehte sie zweimal um, und mit seiner linken Hand zog er sie wieder an.

Was Petra Neuhaus, die inzwischen ihrem Kollegen gegenübersass, in der Folge zu hören bekam, war eine detaillierte Schilderung der heutigen Vorkommnisse. Fast zu ausführlich, es wäre ihr lieber gewesen, Huberty hätte sich kurzgefasst und sich auf das Wesentliche beschränkt. Doch Georg Huberty war eine sehr pflichtbewusste Person und er wollte kein einziges Detail auslassen. Mit Wohlwollen konnte Petra vernehmen, dass die Verhaftung von Kudi Roggenmoser ohne Probleme möglich war. Man konnte ihn in seiner Wohnung festnehmen, und er zeigte sich denn auch durchaus geständig. Für Roggenmoser war es wohl teilweise fast eine Erlösung, dass das Ganze nun zu Ende ging. Interessiert horchte Neuhaus den Worten von Huberty, wie Roggenmoser ihm gegenüber erzählte, dass er Sabrina Eckert bei deren Vergewaltigung filmen musste und sie dann nach dem Mord durch Nicole Schmidlin in den Wald nach Laufenburg zu schaffen hatte.

«Und warum nach Laufenburg?», fragte Petra, die interessiert fortwährend alles aufschrieb, was Huberty ihr erzählte.

«Dazu konnte uns Roggenmoser nichts sagen, das war für ihn ebenfalls ein Rätsel. Vielleicht werden wir das gar nie erfahren.»

«Ja, vielleicht.»

Einen kurzen Augenblick trafen sich Hubertys und Petras Augen und dies veranlasste Huberty dazu, seiner neuen Bekanntschaft ein Kompliment zu machen. «Hat ihnen schon mal jemand gesagt, dass sie wunderschöne Augen haben? Mit diesen Augen können sie wohl jeden Mann verzaubern, nicht wahr?»

Auch wenn Petra es durchaus mochte, dass man ihr Komplimente machte, da unterschied sie sich in keinster Weise von anderen Frauen, so antwortete sie mit einer gewissen Eindringlichkeit: «Wollen wir nicht lieber bei der Sache bleiben? Im Moment steht mir nicht nach irgendwelchem Smalltalk.» *Ach, wenn du mir in einer Bar begegnet wärst, mir einen Drink spendiert hättest und mir das Kompliment gemacht hättest, ja dann. Dann hätte ich dich sofort nach Hause genommen, du Charmeur.* «Gewiss, gewiss, da kann ich sie nur zu gut verstehen. Aber sie müssen nicht alles aufschreiben, sie werden einen detaillierten Bericht von mir bekommen.» Huberty setzte seine Ausführungen fort, Nicole Schmidlin konnte in einem Café in Winterthur gestellt werden. Im Gegensatz zu Roggenmoser bestritt sie bislang alle Vorwürfe, jedoch ist es wohl nur eine Frage der Zeit, bis sie gestehen wird, so meinte zumindest Huberty. «Ausserdem haben wir die Aussagen von Roggenmoser, diese belasten Nicole Schmidlin dermassen, dass es ihr gar nicht möglich sein wird, alles abzustreiten. Irgendwann wird sie sich so sehr in Lügen und Falschaussagen verstricken, dass sie nicht mehr daraus herausfinden wird.»

Alles gut und recht, aber was ist mit Alvare? Petra Neuhaus bewegte sich unwohl auf ihrem Bürostuhl, am liebsten wäre sie aufgestanden. Aber Huberty sass ihr so seelenruhig und gelassen gegenüber, da musste sie sich ganz einfach zusammenreissen und ebenfalls die coole unantastbare Kommissarin spielen. «Es freut mich natürlich, dass die Verhaftungen von Kudi Roggenmoser und Nicole Schmidlin von Erfolg gekrönt waren, was jedoch ist denn mit Pedro Alvare, dem mutmasslichen Drahtzieher des Mordes?»

Der so ruhige Blick Hubertys wich einen kurzen Augenblick einem angestrengten und verspannten Gesichtsausdruck, der Petra Böses erahnen liess.

«Tja, da muss ich sie vertrösten, bislang war das Vorhaben Alvare zu verhaften erfolglos. Es gibt zwei Worte, die ich ihnen dazu sagen kann: Spurlos verschwunden!»

Scheisse, verdammte Scheisse, dieser dreimal verfluchte Hurensohn, dieser Drecksack von einem Mann! Petra Neuhaus schloss die Augen, atmete tief durch, stand dann auf, öffnete das Fenster und zündete sich eine Zigarette an. Während sie sich ganz dem Glücksgefühl des Rauchens hingab, erzählte Huberty bedächtig weiter.

«Wir haben Pedro Alvare ja bereits am Montag, auf Ersuchen ihres Kollegen Erwin Leubin, verhört. Er konnte uns für die mögliche Tatzeit ein hieb- und stichfestes Alibi nennen. Er war zu jener Zeit mit einem Mädchen zusammen, die uns gegenüber dies auch bestätigte. Auch wenn wir in Betracht ziehen müssen, dass es sich hierbei um ein gekauftes Alibi handeln kann, so hatten wir nichts in der Hand, um ihn festhalten zu können. Heute jedoch konnten wir ihn bis zum jetzigen Zeitpunkt nicht aufspüren, weder in seiner Villa am Zürichsee, noch im Büro in Zug, wo unsere Zuger Kollegen ebenfalls erfolglos waren.»

Petra Neuhaus drückte ihre Zigarette im gläsernen Aschenbecher, den sie für 2 Franken 50 in einem Discountgeschäft gekauft hatte, auf ihrem Fenstersims aus. *Ich muss damit aufhören, irgendwann höre ich auf, dann wenn mein Leben in Ordnung ist. Ja genau, das werde ich tun. Ich darf nicht weiter zulassen, dass die Zigaretten so wichtig sind für mich.* Sie drehte sich zu Huberty um, der nun ebenfalls aufstand und auf sie nicht mehr so stämmig und kraftstrotzend wirkte, wie noch bei seinem Eintritt in ihr Büro, in ihr Leben. «Und was ist, wenn Alvare sich gar nicht mehr in der Schweiz aufhält, wenn er bereits in Uruguay oder sonst wo ist?»

«Dann wird es schwierig, dann wird es sehr schwierig!»

Während den letzten Erläuterungen Hubertys war Erwin Leubin ins Büro eingetreten, der nun mit einer leicht auszumachenden vorwurfsvollen Art fragte: «Und was gedenken sie nun zu tun, Herr Huberty?»

Der Kommandant der Zürcher Kriminalpolizei stand auf, drehte sich zu Leubin um und erwiderte mit einer nicht mehr so stoischen Ruhe wie auch schon: «Wir tun alles um Alvare zu fassen, die schweizweite Suche ist in vollem Gange. Auch sämtliche europäischen Länder werden selbstverständlich informiert und der Staatsanwalt hat bereits mit der zuständigen Behörde in Uruguay Kontakt aufgenommen.»

Petra Neuhaus hätte am liebsten laut aufgeschrien vor Wut, doch sie vermochte sich zu beherrschen. «Und wie glauben sie, werter Kollege, werden wir den verdammten Bastard kriegen?»

Georg Huberty blickte ihr in ihre für ihn so wundervollen Augen und sagte nun wieder mit einer bemerkenswerten Ruhe: «Ja, Frau Neuhaus, ich bin sicher, dass wir ihn zu fassen bekommen. Irgendwie, irgendwann bestimmt.» Mit diesen Worten reichte er ihr die Hand, was seine Aussage noch zu bekräftigen sollte.

«Das ist ja schön und gut, ich glaube ihnen, aber werden sie ihm auch den Mord nachweisen können, beziehungsweise, dass der Mord in seinem Auftrag geschah?»

«Nun, das ist natürlich eine ganz andere Geschichte, das wird nicht ganz einfach sein. Aber auch wenn wir ihn deswegen nicht drankriegen, so hat er gewiss genügend auf dem Kerbholz, das wir beweisen können, um ihn für mehrere Jahre hinter Gitter zu bringen. Da ist mal die Vergewaltigung von Sabrina, die von Kudi Roggenmoser gefilmt wurde und dessen Film sich in unserem Besitz befindet. Dann hat uns Roggenmoser von weiteren Vergewaltigungen erzählt, die Filme werden von uns zurzeit sichergestellt und überprüft. Überhaupt hat Alvare offenbar eine richtige Pornoindustrie aufgebaut und betrieben. Roggenmoser hat uns sogar von Teenagern berichtet, die noch keine fünfzehn Jahre alt waren, als sie in Sexfilmen von Alvare mitgewirkt haben. Das sind alles Delikte, die wir ihm nachweisen können, da kommen schon einige Jahre zusammen.»

Petra Neuhaus blickte ihren Kollegen aus Zürich ernst an: «Ja, aber nur wenn sie ihn kriegen.»

«Das werden wir, glauben sie mir.»

Dein Wort in Gottes Ohr! «Und was ist mit den Mordfällen im Breisgau und im Elsass, kann man die etwa Alvare anhängen?»

«Ach, das ist schon so lange her. Wir haben uns die Akten durchgesehen, das haben Sie ja bestimmt auch getan, nicht wahr?»

«Natürlich», mischte sich nun Erwin Leubin wieder ins Gespräch ein, «wir haben auch mit den damals zuständigen Ermittlern telefoniert, aber ohne wirklichen Erfolg. Die einzigen zwei Verbindungen sind die weissen Rosen, und dass die Frauen ebenfalls für eine Agentur tätig waren, die seinerzeit Alvare gehörte.»

Georg Huberty ging einige Schritte im Büro von Petra Neuhaus umher, blickte zum Fenster hinaus, räusperte sich bevor er weitersprach: «Die beiden Mordfälle wurden schon 2001 beziehungsweise 2004 nicht aufgeklärt, es wird auch uns nicht gelingen, sie in Verbindung mit dem Mord an Sabrina Eckert zu bringen. Noch weniger werden wir es schaffen, die Mordfälle Pedro Alvare anzuhängen. Das ist nun mal eine traurige nackte Tatsache, die wir zu akzeptieren haben.»

21 (Samstag, 21. Mai 2013)

Petra Neuhaus lag so bequem und entspannt wie nur möglich auf dem dunkelroten Sofa in der Wohnung von Susanne Zimmermann. Die Vorhänge waren zugezogen, der Duft von Lavendelkerzen verlieh dem Raum eine angenehme wohltuende Atmosphäre. Petra hatte letzte Nacht wieder einen ähnlichen Traum gehabt wie vor einigen Wochen. Wieder irrte sie nachts durch den dunklen Wald, kam dann zum Laufenburger Waldhaus, wo sie die fünf toten Frauen mit einer weissen Rose auf ihrem Hinterteil aufgefunden hat. Weshalb hatte sie schon wieder den beinahe identischen Traum? Dafür musste es doch einen Grund geben, aber was für einen? *Ich muss es wissen, sonst werde ich noch wahnsinnig und ende in der Klapsmühle.* Susanne erklärte sich sofort einverstanden sich mit Petra zu treffen, als diese sie am frühen Morgen völlig aufgewühlt angerufen hatte.

«Komm doch so etwa um 14 Uhr bei mir vorbei. Wenn du dich dafür bereit fühlst, so können wir gerne eine Hypnose versuchen. Vielleicht kannst du dich unter Hypnose noch an weitere Details erinnern, die dir entfallen sind. Details, die dir helfen können, den Traum zu verstehen und zu verarbeiten.»

«Danke Susanne, was würde ich bloss ohne dich tun?», schluchzte Petra mit einem kleinen Funken Hoffnung in der Seele ins Telefon.

«Aber es kann nur gelingen, wenn du es wirklich willst. Eine Hypnose-Sitzung funktioniert nur im gegenseitigen Vertrauen und deshalb ist es mir sehr wichtig, dass du dich bei mir wirklich wohl und gut aufgehoben fühlst.»

«Bei dir fühle ich mich immer wohl, das weisst du doch.» Petra legte auf, blieb noch einen Augenblick sitzen, stand dann auf, ging hinaus auf den Balkon und blickte zum Himmel empor. *Oh, lieber Gott mach, dass das Ganze ein Ende hat. Und wenn das alles vorüber ist, so mache ich Ferien, einfach nur noch Ferien!*

In Trance begann Petra langsam zu sprechen: «Es regnet in Strömen, es giesst wie aus Kübeln, ich gehe allein durch den dunklen Wald, es ist Nacht. Der Regen plätschert unaufhörlich auf meinen Kopf, auf meinen Körper, es tut weh. Ich spüre das Wasser auf jedem Zentimeter meiner Haut, ich habe keinen Regenschutz, keinen Schirm, ich friere, es ist verdammt kalt. Das Laufenburger Waldhaus taucht vor meinen Augen auf, zunächst nur schemenhaft, schwaches Licht schimmert aus dem Innern des Gebäudes. Schnellen Schrittes eile ich der schützenden Hütte entgegen. Ich,

ich …» Petra begann zu stocken, ihr Atem pulsierte schneller durch ihre Lunge.

Mit einer ruhigen Stimme sprach Susanne einfühlsam: «Was tust du dann, gehst du in die Hütte, oder was machst du? Ist jemand da, kannst du jemanden erkennen? Was siehst du im Waldhaus, Petra, was siehst du? Versuche dich zu erinnern, es ist wichtig.»

«Ich, ich …, ich, ja ich nähere mich dem Waldhaus und unter dem Vordach beginne ich mit meinen Händen mein Gesicht zu trocknen, aber es gelingt mir nicht. Ich fühle, dass jemand in der Nähe ist, erkennen kann ich niemanden, es ist kein Mensch zu sehen. Und doch ist es, als würde ich den kalten Atem eines Mannes in meinem Nacken spüren. Ich drücke die Türfalle hinunter, trete ins Innere der Hütte. Es sind viele Kerzen, die mir Licht schenken. Kerzen, die rund um fünf tote Frauen herum aufgestellt sind … Fünf tote Frauen liegen da in einer Reihe vor mir, alle sind nackt, sie …, sie haben eine weisse Rose auf ihrem Hinterteil. Und ich, ich …»

«Was sind das für fünf Frauen, kannst du sie erkennen? Geh näher zu ihnen, Petra, du musst nähertreten, damit du sehen kannst, wer da am Boden des Waldhauses liegt. Und wenn du näherkommst, was siehst du, sind es Frauen, die du kennst?»

«Ja, ich trete näher. Die Frau in der Mitte, die kenne ich, es ist meine Schwester, meine Schwester Anita, die schon seit so vielen Jahren tot ist, ich vermisse sie. Sie fehlt mir so sehr, warum musste sie so jung sterben und mich alleine lassen?… Langsam bücke ich mich zu ihr hinunter, meine Hände beginnen sanft ihren Körper zu streicheln, sie ist eiskalt. Warum nur musste sie denn sterben? Ich verstehe es nicht, ich kann es nicht verstehen. Neben Anita liegt Sabrina Eckert, sie ist wunderschön, jung und doch ist ihr Leben schon vorbei. Sabrina ja, sie hatte ihr ganzes Leben noch vor sich. Vorbei, alles vorbei, für immer und ewig.»

«Die anderen drei Frauen, kennst du auch die anderen toten Frauen, Petra?»

«Ich weiss nicht, es sind zwei junge Frauen, die neben Sabrina und Anita liegen. Ich drehe den Kopf der Frau neben Sabrina um, ihr Gesicht, es kommt mir bekannt vor, ich kenne sie von irgendwoher ... Ja, ich weiss wer das ist, es ist die junge Frau, die 2001 im Breisgau tot aufgefunden wurde, deren Mord nie aufgeklärt worden ist ... Dann muss die andere junge Frau, diejenige aus dem Elsass im Jahre 2004 sein, ja sie ist es ... Und die fünfte Frau? Ich drehe sie langsam auf den Rücken ... Oh Gott, Nein, Nein, Nein!» Petra begann zu schreien als würde sie vor dem leibhaftigen Teufel stehen.

Susanne drückte ihre Hände, «Ganz ruhig Petra, ganz ruhig, was ist denn los? Wen hast du gesehen, was ist passiert? Wer ist die fünfte tote Frau, kennst du sie?»

Petras Atem begann zu rasen, ihre Stimme war nur noch ein flüstern, ihr Körper zitterte wie Espenlaub. «Die fünfte Frau, die fünfte Frau ... das bin ich, ich bin es, die da am Boden liegt, tot, nackt, mit einer weissen Rose auf dem Hinterteil! ... Alvare, er ist da! Ich fühle es, ich spüre seinen Atem, ich höre sein Lachen, er wird mich umbringen!»

Mit einer warmen Wolldecke umschlungen sass Petra auf dem Sofa, sie trank einen Schluck Rotwein, einen Primitivo del Salento. Susanne sass dicht neben ihr, sie hatte ihren Arm um ihre Freundin gelegt. «Was bedeutet es, dass ich mich tot gesehen habe? Kannst du mir das bitte erklären?»

«Nun, Träume werden selten wahr. Und doch glaube ich, dass du in ernsthafter, in grosser Gefahr bist. Alvare weiss sehr wohl, dass du ihm gefährlich werden kannst. Ich muss leider sagen, dass ich mir sicher bin, dass er plant, dich umzubringen.»

Petra trank ihr Glas in einem Zug leer, schenkte sich nochmals ein und nahm wiederholt einen grossen, kräftigen Schluck: «Ich muss ihm zuvorkommen. Bevor er mich umbringt, so werde ich ihn töten, ich muss es tun!»

Susanne trank einen Schluck und meinte bloss trocken und doch mit einer nötigen Strenge: «Und genau das wirst du nicht tun Petra, lass dich nicht von ihm provozieren, denn sonst endest du am Ende wirklich noch mit einer weissen Rose auf deinem Knackarsch.»

«Die weissen Rosen sind mir immer noch ein Rätsel, ich meine, was soll das bedeuten? Du kannst dir nicht vorstellen, wie oft ich mir darüber schon den Kopf zerbrochen habe. Kannst du mir nicht helfen, ich meine in deiner Eigenschaft als Psychologin. Weshalb schmückt Alvare seine Opfer mit einer weissen Rose?»

Susanne nahm die Flasche Rotwein, schenkte Petra und sich nochmals ein, trank einen Schluck und begann mit ihren Ausführungen: «Ich will es versuchen. Die weissen Rosen symbolisieren Reinheit, Treuherzigkeit und Geheimnis. Auch bekannt als Brautrose, ist die weisse Rose eine traditionelle Hochzeitsblume. In diesem Sinne sind die weissen Rosen eine Darstellung der Einheit, Tugend und Reinheit eines neuen Bandes der Liebe. Brautkränze bestehen meistens aus weissen Rosen und anderen weissen Blumen. Weisse Rosen sind auch ein Symbol für junge Liebe, die das Band weiter verstärken und machen die Beziehung ideal für Heirat. Dagegen sind die weissen Rosenknospen traditionelle Symbole für Jugend eines Mädchens und tragen eine indirekte Bedeutung für diejenigen, die zu jung für die Liebe sind.»

«Du meinst wirklich, dass Alvare den Opfern gegenüber eine Art Liebe empfunden hat und ihnen deshalb weisse Rosen mit auf den Weg in den Tod gegeben hat?» Petra schüttelte vehement ihren Kopf. «Tut mir leid, aber das kann ich nicht glauben. Oder ich kann es nicht verstehen, weil ich zu dumm dafür bin.»

«Ach Quatsch, du bist nicht zu dumm, ich glaube schon, dass es eine Art Liebesbeweis sein kann. Allerdings ist es schon so, dass weisse Rosen unterschiedliche Bedeutungen für unterschiedliche Leute haben können. Einerseits können sie einen Neuanfang darstellen. Andererseits können sie selbstverständlich auch ein Zeichen für Abschied sein.»

Petra überlegte, sah Susanne lange an und sagte dann: «Mmh, der Tod ist natürlich Abschied und Neuanfang zugleich, du liegst wohl ziemlich richtig mit deiner Analyse.»

«Möglich, darüber hinaus können weisse Rosen ein Gefühl der Liebe, Freundschaft, Respekt oder Hoffnung erwecken. Aber die Grundbedeutung der weissen Rosen ist Treuherzigkeit und Reinheit.»

«Weisst du, ich kann es dennoch nicht verstehen. Vielleicht haben die weissen Rosen gar keinen tieferen Sinn, sondern sie sind einfach nur ein Merkmal Alvares, ein Kennzeichen, das er seinen Opfern verpasst.»

22 (Winter 1994)

Von den Dächern der Berner Altstadt tropfte es wie wild, der Schnee, der dick und fest auf den Dachziegeln lag, schmolz buchstäblich einem Wasserfall ähnlich dahin. Über Nacht stieg das Thermometer von minus fünf Grad auf beinahe plus zehn Grad an, ein warmer Südwestwind wehte durch die Gassen an diesem frühen Morgen.

Anita Neuhaus eilte an den Häusern vorbei, von der Standstrasse in die Winkelriedstrasse in Richtung der Grossen Allmend. Trotz den für die Jahreszeit zu warmen Temperaturen schlotterte sie am ganzen Körper, sie war auf Entzug, sie brauchte Heroin, schnell, furchtbar schnell. Sie wusste, dass nur Pedro Alvare ihr noch helfen konnte, doch sie wusste auch, dass sie nicht mehr in der Lage war, ihn dafür zu bezahlen. Ihr Bankkonto war schon lange leer geplündert, ihre Geldreserven Zuhause auf wenige Franken geschrumpft. Alles was sie und ihre WG-Mitbewohnerin Jeanette Hugenschmidt an einigermassen Wertvollem besassen, hatten die beiden jungen Frauen in ihrer Not bereits versetzt. Es gab nichts, aber auch rein gar nichts mehr in ihrer Wohnung, das sie noch zu Geld machen konnten.

Bei der grossen Eiche sass Pedro Alvare Joint rauchend auf einer Bank und sah, wie Anita auf ihn zueilte. Er lachte still in sich hinein, denn er wusste genau, was nun folgen würde. Er freute sich wie ein kleines Kind unter dem Weihnachtsbaum, die nun folgende Situation wird er geniessen.

«Hej Pedro, ich brauch deine Hilfe», wie ein Häufchen Elend stand Anita vor Pedro und flehte ihn förmlich an.

Pedro lächelte sein süssestes Lächeln: «Das sehe ich Baby, dir gings wohl auch schon besser. Siehst ziemlich mitgenommen aus. Willst du nen kleinen Zug, so als Stärkung in den neuen Tag?»

«Danke Pedro, danke.» Anita nahm den Joint mit zittrigen Händen entgegen und zog daran, als ob es kein Morgen mehr geben würde. «Ich brauch einen Schuss, ich geh kaputt, bitte Pedro, du musst mir helfen.»

«Kein Problem Schätzchen, du kannst so viel haben wie du willst, hast du Geld? Und vor allem, hast du viel Geld?»

«Nein, aber ich kann den Schuss abverdienen», sagte Anita, setzte sich und griff bereits zwischen Pedros Beine. Es war nicht das erste Mal, dass sie kein Geld hatte und Pedro ging oft auf ihre Liebesdienste als Bezahlung ein, doch diesmal nicht.

«Lass die Finger von mir!» Pedro stiess sie vom Bank zu Boden hinunter in den nassen Schnee. «Dein ausgemergelter Körper ekelt mich an, da habe ich bessere Bräute an der Angel, das kannst du mir glauben. Wenn ich dich durchrammle, dann fällst du mir ja noch auseinander. Du wirst unter mir zerbrechen wie Porzellan.»

Anita fasste Pedro an dessen Beinen. «Bitte, du musst mir helfen, ich tu alles für dich, wirklich alles, verstehst du? Ich werde deine dir untergebene Sklavin sein. Das liebst du doch, so ein richtig verdorbenes Rollenspiel. Soll ich dir eins blasen? Bitte, lass mich dir einen runterholen.»

«Geh mir aus den Augen, hau ab, ich will dich nicht mehr sehen, du gehst mir auf die Nerven.» Pedros Augen blickten voller Hass und Ekel auf die flehende und weinende Anita.

«Jetzt gib ihr schon was, willst du, dass sie stirbt?» Jeanette, die ihrer Mitbewohnerin und Freundin in einigem Abstand nachging, verfolgte die Situation und trat nun näher zu ihnen heran.

Pedro stand auf, er kannte Jeanette und er wusste sehr wohl, dass sie ganz schön austeilen konnte, wenn sie wütend war, da wollte er gewappnet sein. «Jeanette, mein Sahneschnittchen, schon lange nicht mehr gesehen, brauchst du auch Stoff? Ich mach euch ein Angebot, weil ihr so nett seid: Drei für Zwei, was meint ihr? Ihr bekommt drei Portiönchen feinstes und edelstes Heroin, müsst aber nur zwei bezahlen, ist doch richtig nett von mir, nicht wahr? Bin ich nicht ein wahrer Wohltäter? Man sollte mir doch eigentlich den Nobelpreis verleihen.»

Anita, die immer noch auf dem Boden kauerte, begann zu plärren wie ein kleines Kind, dem man sein Lieblingsspielzeug weggenommen hatte. Jeanette zog ihre Freundin zu sich hoch, hielt sie fest und sagte zu Pedro, der lachend vor ihnen stand: «Wir haben kein Geld, aber wir werden unsere Schulden schon bezahlen, du hast dein Geld bis jetzt doch immer bekommen.»

«Na schön, weil ihr es seid, ich komme heute Abend zu euch und bringe was vorbei. Bis dann müsst ihr ganz einfach durchhalten.» Schon wollte Pedro sich auf seine Vespa setzen und davonfahren.

Beim Gedanken bis zum Abend warten zu müssen, riss bei Anita endgültig der Geduldsfaden. Wie eine Furie stürzte sie los und zerrte den überheblich wirkenden Südamerikaner von der Vespa runter. «Verflucht und verdammt, Pedro, ich brauch es jetzt, kapierst du nicht, jetzt sofort!» Jeanette, die ansonsten eher als die Stärkere der Beiden galt, konnte nur noch staunen.

Schnell wie ein Panther war Pedro jedoch wieder auf seinen schlanken drahtigen Beinen, bereits sein gefürchtetes Klappmesser in der Hand sagte er drohend: «Verdammte Scheisse, Anita, du wirst dich schön bis heute Abend gedulden, ansonsten kriegst du nichts, rein gar nichts. Ihr wollt etwas, was ich habe, also bestimme ich wann und wie ihr es bekommt, klar? Hier habt ihr zehn Franken, kauft euch eine Flasche Wein, das wird schon reichen bis zum Abend, ich komme so gegen Sieben zu euch.»

Die Stunden bis 19 Uhr krochen wie im Schneckentempo dahin. Nachdem Pedro ihnen auf der Grossen Allmend davonfuhr, kauften sie sich auf dem Heimweg tatsächlich eine Flasche Wein. Doch der Alkohol war nur ein Tropfen auf den heissen Stein, Jeanettes und vor allem Anitas Körper lechzte nach Heroin.

Seit Pedro sich mit seiner Vespa davonmachte, waren rund neun Stunden vergangen. Er zerbrach sich lange den Kopf darüber, ob er den beiden jungen drogenabhängigen Frauen am Abend tatsächlich Heroin bringen sollte oder nicht. Irgendwann am Nachmittag dann war es für ihn eindeutig klar, der Zeitpunkt alles zu beenden war nun gekommen. *Ich könnte die Beiden ja ganz einfach in ihrem Elend verrecken lassen. Aber wer sagt mir, dass sie nicht doch noch zur Polizei gehen und erzählen, woher sie den Stoff haben? Und zudem möchte ich so gerne zusehen, wenn jemand stirbt, das muss etwas ganz Schönes und Wunderbares sein.* Fast auf die Minute genau um 19 Uhr klingelte Pedro an der Türe von Anita und Jeanette, und er musste nicht lange warten, bis ihm die verzweifelte Jeanette öffnete. «Endlich Pedro, es ist höchste Zeit, Anita krepiert, wenn du ihr nichts gibst und ich bin auch bald soweit.»

«Halleluja und Heureka, jetzt ist euer Retter ja da!», stolzierte Pedro an Jeanette vorbei in die Wohnung, die auf ihn einen furchtbaren Eindruck machte. Anita lag auf dem Sofa, zugedeckt mit einer Wolldecke, neben ihr ein Eimer mit Erbrochenem. *Höchste Zeit, das Ganze zu beenden, das Weib ist ja eine Schande für die ganze Welt, ne richtige Schlampe ist das.* «Ach Anita, du siehst ja vielleicht Scheisse aus, aber bald wird es dir besser gehen, das garantier ich dir. Komm Jeanette, ich hab' schon alles vorbereitet. Er setzte sich aufs Sofa, während Jeanette sich näherte und ebenfalls hinsass. Pedro holte zwei Spritzen aus seiner Tasche und erlöste zunächst Anita von ihrem Leid, einen kurzen Augenblick später ihre Freundin Jeanette.

Nur Sekunden später stand Pedro Alvare auf und beobachtete aus einiger Entfernung, wie Anita und Jeanette an einer Überdosis Heroin, an einem so genannten «goldenen Schuss» starben. Leiden mussten die beiden jungen Frauen nicht. Bei einer Todesursache durch eine Überdosis kommt es zu einer Atemdepression mit verbundenem Atemstillstand und folgendem Herzstillstand. Es ist in etwa so, wie wenn man in einer Vollnarkose sterben würde. Das Bewusstsein ist ausser Kraft und selbst die Schutzreflexe des Körpers sind blockiert.

Der Tod von Anita und Jeanette erfüllte Pedro mit Freude, mit grosser Genugtuung. Zum ersten Mal war er verantwortlich dafür, dass zwei Menschen die Erde verlassen mussten. Er hatte entschieden, dass Anita Neuhaus und Jeanette Hugenschmidt zu sterben hatten, dass sie keine Lebensberechtigung mehr hatten, er fühlte sich, als wäre er der liebe Gott persönlich und dies erfüllte ihn mit grossem, unsagbarem Stolz.

Es dauerte Tage bis die toten Frauen durch eine Nachbarin entdeckt wurden. Die Polizei ging in beiden Fällen von einem klaren Suizid aus, denn es gab keinerlei Hinweise auf Fremdeinwirkung. Pedro liess durch ein Blumengeschäft jeweils einen Strauss weisse Rosen aufs Grab von Anita und Jeanette bringen. In beiden Fällen dachten die Hinterbliebenen, dass es sich um Blumen eines unbekannten Verehrers handelte.

23 (Donnerstag, 06. Juni 2013)

Dunkelgraue Wolken bedeckten den Himmel, einzelne Regentropfen fielen zu Boden, es war kühl, eindeutig viel zu kühl für diese Jahreszeit. Es war ein richtig unfreundlicher Tag, ein Tag, der so wie er daherkam, eigentlich gar nichts Erfreuliches bringen konnte. Das Zimmermädchen Maruschka hatte bereits vier Zimmer gereinigt, als sie beim Appartement 213 angekommen war und nun vor dessen Türe stand. Maruschka Tonka stammte aus Polen, lebte aber seit ihrer Kindheit in der Schweiz und arbeitete nun bereits das zweite Jahr im Hotel Goldener Anker, das über eine herrliche Aussicht auf den Vierwaldstättersee verfügte. Die junge Frau war bei der Hotelleitung, dem Personal wie auch bei den Gästen aufgrund ihres freundlichen und zuvorkommenden Wesens gleichermassen beliebt. Maruschka liebte es, in ihrer freien Zeit auf der Terrasse des Hotels zu sitzen und unten auf dem See die unzähligen Boote und Schiffe zu zählen. Dies musste sie jedoch immer etwas abseits der Hotelgäste tun, denn die Hoteldirektion wollte eine klare Abtrennung, keine Durchmischung von den gut zahlenden Gästen und dem Personal, das mitunter als etwas minderwertig angeschaut wurde. Sie war noch etwas müde, da sie am Vorabend ihren Geburtstag feiern durfte, sie war nun 22 Jahre alt. Sie atmete durch, klopfte an die Türe und sagte: «Zimmerservice.» Vom Innern des Appartements war kein Ton zu vernehmen, nicht einmal ein Hauch, rein gar nichts. Maruschka nahm an, dass der Hotelgast sich noch beim Frühstück befand, schloss die Türe auf und trat, ohne etwas Böses zu ahnen, ein.

Der Hotelgast des Appartements 213 war nun schon seit rund einem Monat hier, doch gesehen hatte Maruschka ihn bislang nur wenige Male. Er zog sich gerne zurück in sein Appartement, einzig beim Frühstück war er jeweils in den öffentlichen Hotelräumen anzutreffen. Die Hotelangestellten tuschelten schon über ihn, wer er wohl sei, was er den ganzen Tag so trieb, denn oft hatte er Besuch von doch eher dubiosen Gestalten und manchmal auch von einer rund 20 bis 25jährigen hübschen Südländerin, die jedoch nie sehr lange blieb. Daher wurde sie vom Dienstpersonal auch nicht als Geliebte des Gastes angesehen. Die Abende verbrachte er nach dem Abendessen, das er in sein Appartement bringen liess, meistens alleine in seinen Räumen. Sein Name war Carlos Mendez, er stammte offenbar aus Südamerika. Was Maruschka bei ihm als erstes auffiel, war seine Glatze, sein finsterer Blick, sowie seine Tätowierungen am Oberkörper, als er einmal nur leicht bekleidet in seinem Appartement anzutreffen war.

«Hallo Herr Mendez, sind Sie da?», Maruschka trat näher, schritt durch die Diele zum Schlafzimmer und klopfte nochmals an. Noch immer war nichts zu hören und sie begann ihre Arbeit pflichtbewusst, genau und flink wie stets auszuführen. Dabei setzte sie sich Kopfhörer auf und begann Musik zu hören, dadurch fiel ihr die Arbeit erheblich leichter. Sie reinigte die kleine Küche, das Bad, die Diele und drückte nun die Klinke der Türfalle hinunter, um ins Schlafzimmer zu treten.

«Mein Gott, oh mein Gott!», schrie Maruschka laut um sich, sie liess augenblicklich den Putzeimer aus der rechten Hand entgleiten und starrte entsetzt und wie erstarrt aufs Bett, wie versteinert stand sie da. Der Gast Carlos Mendez war ans Bett gefesselt, sein Mund geknebelt, in seinen Augen stand der nackte Schrecken, ein unglaubliches Entsetzen musste ihn gepackt haben. Seine Arme und Beine weit gespreizt lag er da wie auf dem Präsentierteller, sein Unterleib war voller Blut, das ganze Bett schien mit Blut getränkt zu sein. Maruschkas dunkelbraune Augen blickten sekundenlang dorthin, wo eigentlich des Mannes Pracht sein sollte, doch der Penis von Carlos Mendez lag abgetrennt neben dem Bett. Mendez musste einen furchtbaren Todeskampf erlebt haben, er war wohl offenbar einfach verblutet, so wie eine abgestochene Sau.

«Du glaubst es nicht Petra», Erwin Leubin schritt aufgewühlt und mit einem beinahe berauschenden Blick in seinen Augen ins Büro von Petra Neuhaus, «wir haben ihn, ich glaube tatsächlich wir haben ihn.»

«Was ist los, wen haben wir?» Petra blickte auf und verstand zunächst absolut nicht was Erwin damit sagen wollte, wen er meinen könnte. Das Aufblicken tat ihr weh, wieder mal der Kopf, ihre Augen schmerzten und sie hatte ihr Büro verdunkelt, um nicht noch mehr dem Tageslicht ausgesetzt zu sein, obwohl es durch die vielen Wolken eigentlich gar nicht richtig hell war. Seit Tagen beschäftigte sie sich mit einer Einbruchserie im Freiamt, die Täter wurden vor zwei Tagen gefasst, stritten jedoch alles ab, so wie dies halt meistens der Fall war bei ihrer Tätigkeit. An Pedro Alvare versuchte sie bewusst nicht zu denken, daher war ihr Unverständnis für Erwin erklärbar.

«Die Luzerner Kriminalpolizei hat einen Todesfall, einem Mann wurde auf die brutalste Art und Weise der Penis abgetrennt und er ist daran verblutet.»

«Oh Gott, wer tut denn so was? Aber was hat ein Todesfall im

Kanton Luzern, der zudem derart makaber und pervers ist, denn mit uns zu tun?» Petra massierte mit ihrer linken Hand ihre Stirn, ihre Augenhöhlen. *Oh, mein Kopf, warum denn schon wieder? Ach, lieber Gott, hört das denn nie auf?* Erwin stand nun direkt vor Petra, die inzwischen mit einiger Mühe aufgestanden war. «Der Mann wurde in seinem Appartement aufgefunden, er war als Carlos Mendez gemeldet, aber unsere Luzerner Kollegen glauben, dass es ...» Weiter kam Erwin Leubin in seinen Ausführungen nicht, denn Petra unterbrach ihren Kollegen förmlich euphorisch.

«Alvare! Ist es Pedro Alvare?» Petras Herz loderte auf. *Oh Gott, lass es diesen Scheisskerl sein.* «Sag schon Erwin, ist es dieser verdammte Hurensohn?» Sie begann wie in Ektase auf Erwins Brust zu schlagen, immer heftiger und schneller. «Sag schon, gib endlich Antwort!»

Erwin fasste Petras Handgelenke und hielt sie fest, obwohl dies gar nicht so einfach war, denn sie konnte in ihrer Wut unglaubliche Kräfte entwickeln. «Sag mal, spinnst du eigentlich? Was ist denn bloss los mit dir?»

Petra löste sich aus Erwins Handgriffen und liess sich kopfschüttelnd auf ihren Bürostuhl fallen. «Es tut mir leid, Erwin, es tut mir leid, ich weiss nicht was in mich gefahren ist. Aber sag mir bitte, ist es Pedro Alvare?»

«Mit grosser Sicherheit ja, es fehlt aber noch der DNA-Beweis. Wir müssen uns noch eine Weile in Geduld üben.»

Petra lehnte ihren schmerzerfüllten Kopf zurück, schloss die Augen und meinte: «Geduld, immer nur Geduld. Es muss Alvare sein, es muss jetzt ganz einfach zu Ende sein. Nie wieder sollen Frauen leiden müssen wegen ihm.»

Am Abend des 05. Juni 2013 ahnte Pedro Alvare nicht, dass er den nächsten Morgen nicht mehr erleben würde. Er lebte nun bereits seit drei Wochen hier im Hotel, das für ihn ein optimales Versteck bedeutete. Alvare, alias Carlos Mendez, sass auf dem Sofa und schaute sich irgendeine Sendung im Fernsehen an, die ihn nicht wirklich interessierte, aber irgendwie musste er seine langen einsamen Abende im Hotelzimmer ja verbringen. Das Telefon des Appartements klingelte und er nahm den Hörer ab. «Ja?»

«Eine Dame ist da und möchte Sie besuchen, Herr Mendez», es war eine Person von der Rezeption, die diese Worte sprach. Ein Mann mit einer eher dumpfen Stimme sagte weiter: «Sie hat gesagt, sie heisse Cécile Kleiner.»

Cécile, wie hat sie mich hier gefunden, was will sie von mir? Pedro Alvare stand auf und begann in seinem Appartement umherzugehen. *Cécile, die kleine scharfe schlampige Cécile. Wenn sie schon hier ist, so soll sie auch etwas haben davon.* «Herr Mendez, sind Sie noch dran? Was soll ich Frau Kleiner denn sagen?», die dumpfe Stimme am anderen Ende der Telefonleitung wurde bereits etwas ungeduldig, denn es gab ja noch anderes zu erledigen. Und überhaupt hatte der Mann an der Rezeption nicht wirklich Lust zu arbeiten, sonst eigentlich schon, aber heute überhaupt nicht. Der Mann, mit dem nicht wirklich besonderen Namen Peter Müller, hatte am Morgen Streit mit seiner Ehefrau, mit Monika – auch dies ein ganz gewöhnlicher Alltagsname, die ihm wieder mal vorhielt, er kümmere sich zu wenig um den Haushalt und um die Kinder. Auf Grund des Streits war Peter Müller nun mehr als mürrisch und wollte nun endlich eine Antwort von diesem reichen Südamerikaner, den er bislang erst zweimal zu Gesicht bekommen hatte.

«Okay, sie soll bitte hochkommen.» Pedro legte den Hörer auf und begann sich bereits auszumalen, was er mit Cécile alles anstellen könnte. *Wenn sie kommt, so soll es ihr Schaden nicht sein, ich werde sie ficken bis sie schreit vor Glück, oder noch besser vor Schmerzen.* Pedro schritt schnell in sein Badezimmer und entleerte noch seinen besten Kumpel, um dann auch wirklich bereit zu sein. Aus dem Spiegelschrank holte er eine blauweisse Arzneipackung mit dem Namen «Viagra» heraus. *Jetzt noch zwei kleine Wunderpillen und es kann losgehen. Oh ja, ich werde sie in alle ihre drei dreckigen Löcher ficken. Immer und immer wieder, oh Mann, ich bin ja so was von scharf.*

Am frühen Morgen des gleichen Tages trafen sich zwei junge Frauen im Bahnhofbuffet in Olten. Die beiden Frauen begegneten sich heute zum dritten Mal, heute aber war ein ganz besonderer Tag, heute war sozusagen der Tag der Tage. Das erste Mal, als Cécile Kleiner Sabrinas beste Freundin Jolanda Wyss sah, das war auf Sabrinas Beerdigung. Für Cécile war sofort klar, dass Jolanda und Sabrina eine besondere Freundinnen-Beziehung hatten, dass sie sich sehr gern hatten und wohl auch ihre Geheimnisse einander anvertrauten. Auf dem Weg vom Friedhof zurück zum Parkplatz der Kirche sprach Cécile die mollige junge Frau an, die ganz in schwarz gekleidet war, und weinend neben ihr herlief.

«Entschuldigung.»

«Ja?» Jolanda schniefte deutlich hörbar und blickte auf. *Wer muss mich denn jetzt hier auf der Beerdigung anquatschen? So was tut man doch nicht.* «Mein Name ist Cécile Kleiner, ich war eine Arbeitskollegin von Sabrina Eckert.»

«Okay, und was wollen Sie?» Jolanda blickte Cécile in ihre dunklen Augen, sie verspürte einen Hauch echte Sympathie für diese Person.

«Ich habe dich … Entschuldigung, aber ich darf doch du sagen?»

«Ja klar doch, ich bin Jolanda, Jolanda Wyss.»

«Ich habe dich auf der Beerdigung beobachtet, du warst wohl eine sehr gute Freundin von Sabrina, nicht wahr?»

«Ja allerdings, das war ich.» Jolanda musste ihr Taschentuch zu Hilfe nehmen um ihre wieder aufkommenden Tränen zu trocknen und ihre Nase zu schnäuzen. «Es tut mir echt leid Cécile, aber ich kann jetzt wirklich nicht, bitte verstehe.»

«Schon gut, ich geb dir hier meine Telefonnummer, ruf mich doch bei Gelegenheit an, dann können wir einen Kaffee zusammen trinken.» Mit diesen Worten drückte Cécile ihrer neuen Bekanntschaft eine Visitenkarte in die Hand, verabschiedete sich kurz und zog von dannen.

Einige Tage nach Jolandas Besuch als Franziska Fischli bei Pedro Alvare, rief sie dann wirklich bei Cécile an, und sie trafen sich in Aarau in einem Restaurant unweit des Bahnhofs. Aus dem harmloses Treffen entwickelte sich alsbald ein wahrhaft mörderischer Plan. Für Cécile und Jolanda stand fest, dass sie selbst handeln mussten, wenn es der Polizei nicht gelingen würde Alvare fest zu nehmen und ihn endgültig aus dem Verkehr zu ziehen. Sie wussten mittlerweile beide von der Presse, dass Nicole Schmidlin und Kudi Roggenmoser verhaftet wurden, dass Pedro Alvare sich jedoch noch immer auf freiem Fuss befand.

Mit ihrer rechten Hand rührte Cécile den Kaffee, trank genussvoll einen Schluck und sprach: «Ich wüsste schon wie ich diesen Kerl erledigen würde. Schon oft habe ich es mir in meinen Gedanken ausgemalt.»

«Und wie sollen wir an ihn rankommen? Hast du eine leise Ahnung wo er stecken kann?» Noch glaubte Jolanda in keinster Weise daran, dass es ihnen beiden gelingen sollte, was der Polizei nicht möglich war. Nämlich, Alvare aufzuspüren und ihn aus dem Verkehr zu ziehen.

«Noch nicht, aber ich werde es herausfinden», zeigte sich Cécile überaus selbstbewusst.

«Und wie willst du das schaffen? Ich meine, wie kannst du das Versteck von Pedro finden, wenn es nicht mal der Polizei möglich ist ihn aufzuspüren?» Jolanda trank von ihrem Soya-Latte und war sichtlich voller Zweifel. Sie konnte sich beim besten Willen nicht vorstellen, dass dies möglich war und liess dies Cécile auch spüren. Ihre Augen blickten unruhig, unsicher durchs Fenster hinaus auf die Strasse, wo gerade ein junger südländischer Typ mit einem nigelnagelneuen BMW vorbeifuhr, nein schon eher raste. *Der Kerl fährt mit einem BMW durch die Gegend und ich? Ich hab' einen alten VW Lupo, der rattert und beinahe auseinanderfällt. Tja, Ausländer sollte man halt sein. Wahrscheinlich hat er das Auto eh nicht bezahlt, sondern nur geleast oder der reiche Papa hat es ihm besorgt. Vermutlich, damit er irgendwelche frustrierten reichen Frauen in der Midlife-Crisis abschleppen kann.* «Ich kenn' da jemanden, der mit grosser Sicherheit weiss, wo Pedro Alvare zurzeit steckt.»

Durch Céciles Worte wieder ins Hier und Jetzt zurückgeholt, antworte Jolanda: «Und wer soll das sein, bitte sehr?»

«Seine Tochter!»

«Seine Tochter?» Hellhörig spitzte Jolanda die Ohren, das war aber eine Neuigkeit, die sie nicht erwartet hatte. «Er hat eine Tochter? Aber davon habe ich gar nichts gewusst, Sabrina hat mir nie sowas erzählt.»

Langsam beugte sich Cécile nach vorne, behutsam sprach sie weiter, so als wollte sie, dass niemand sie belauschen konnte. Dabei war dies im Moment sowieso nicht möglich, denn Jolanda und Cécile waren beinahe alleine im Restaurant, und die anderen Gäste sassen derart weit entfernt, da konnten sie gar nichts vernehmen und mitbekommen von dem was Cécile nun hinter vorgehaltener Hand erzählte. «Das wissen auch nur ganz wenige Personen. Ich hab's auch nur per Zufall erfahren, als Maria-Dolores ihn mal in seinem Büro in Zürich besuchte und ich auch gerade dort war, um mit Nicole etwas wegen eines Foto-Shootings zu besprechen.»

«Und du bist dir da auch ganz sicher?» Noch immer hegte Jolanda ihrer Gesprächspartnerin gegenüber eine gewisse Skepsis, die sie nur langsam abzustreifen vermochte.

«Aber natürlich, so vertrau mir doch. Sie heisst Maria-Doloros Dominguez, ich denke sie wird so zwischen 20 und 25 Jahre alt sein. Ich habe sie zuvor schon einige Male gesehen, aber ich dachte immer, dass sie eine der vielen Gespielinnen von Alvare sei. Aber offenbar ist sie wirklich seine uneheliche Tochter und sie war es auch, die Alvare gegenüber der Polizei ein Alibi gab, was die Todeszeit von unserer Sabrina betraf.»

Einige Sekunden herrschte absolute Ruhe, dann erwiderte Jolanda: «Also gut, und du glaubst wirklich, dass Maria-Dolores dir brühwarm erzählen wird, wo sich ihr Vater versteckt? Komm schon, das glaubst du wohl selber nicht.» *Nein, das kann nicht sein, keine Tochter verrät ihren eigenen Vater, das kann ich mir nicht vorstellen.* «Nein, das wird sie natürlich nicht tun. Sie ist zwar, so wie ich das mitbekommen habe, nicht wirklich gut auf ihren Vater zu sprechen, aber verraten wird sie ihn nicht. Unter gar keinen Umständen! Dafür zählt die Familie bei Südländern viel zu viel.»

«Das sag ich ja, sonst hätte sie gegenüber der Polizei wohl kaum ein falsches Alibi für ihn abgegeben.»

Cécile ergriff Jolandas Hand um ihr zu zeigen, dass sie gemeinsam eine Lösung finden mussten. «Weisst du, damals als Maria-Dolores bei Alvare war, bin ich ihr nachgegangen, ich weiss nun wo sie wohnt. Wir werden sie ab sofort rund um die Uhr beschatten, immer abwechselnd, irgendwann wird sie uns zu Pedro führen, da bin ich mir hundertprozentig sicher.»

Jolanda war das Erstaunen, aber auch die Bewunderung gegenüber Cécile sichtlich anzusehen, als sie sagte: «Du hast es ja faustdick hinter den Ohren, das hätte ich dir ja gar nicht zugetraut. Mann, oh Mann!»

Nachdem Jolanda Cécile kennengelernt hatte, entschloss sie sich, dass sie mit ihrem Wissen doch nicht zur Polizei gehen würde. Ihr Vorhaben, das sie noch nach ihrem Besuch bei Pedro in seiner Villa gefasst hatte, liess sie nun wieder fallen. Zusammen mit Cécile wollte sie die Sache selbst in die Hand nehmen und Alvare endgültig erledigen.

Während der Beschattungszeit entwickelten Jolanda und Cécile verschiedene Möglichkeiten und Vorgehensweisen, wie sie Pedro Alvares Licht endgültig auslöschen, ihn vernichten und wirklich definitiv zerstören wollten. Da gab es ganz herkömmliche Methoden wie Erschiessen oder Vergiften, plötzlich aber sagte Cécile: «Ich hab's, es gibt nur eine Art des Todes, die Mister Pedro Alvare würdig ist. Ich glaube, er hat etwas ganz Besonderes verdient.»

Und so standen sie also am Abend des 05. Juni 2013 um 21.05 Uhr vor dem Appartement mit der Nummer 213 in diesem Hotel Goldener Adler und klopften an die Türe. Welche Gefühle sie durchlebten, kann nur schwerlich beschrieben werden. Einen abgrundtiefen Hass auf Pedro, der Sabrina, aber auch vielen anderen Menschen in seinem Leben so viel Leid angetan hatte. Noch immer eine grosse Trauer, dies vor allem bei Jolanda, da sie so eine gute Freundin viel zu jung, viel zu früh, verlieren musste. Eine starke Wut auf die Polizei, auf die Behörden, den Staat, weil sie es nicht schafften, solche furchtbaren Halunken aus dem Verkehr zu ziehen oder dafür zu sorgen, dass Verbrechen dieser Art erst gar nicht geschehen können. Angst davor, dass es ihnen nicht möglich war, Pedro zu überwältigen. Angst, dass Pedro Alvare sie, wie so viele andere Frauen auch, vergewaltigen und umbringen würde. Und eine gewisse Freude, eine Vorfreude darauf, dass es ihnen beiden gelingen sollte, Pedro Alvare endgültig zu eliminieren, ihn für immer auszulöschen, dem Erdboden gleichzumachen, so dass nie wieder jemand durch ihn Leiden über sich ergehen lassen musste. Nun standen sie also da und sie wussten: Es gibt keinen Weg zurück!

159

Nur kurze Zeit mussten Jolanda und Cécile warten, da öffnete sich bereits die Türe und ein überraschter Pedro Alvare stand vor ihnen: «Frau Fischli, Sie?»

Noch bevor Jolanda dazu kam zu antworten, übernahm Cécile sofort das Wort: «Oh Pedro, die Glatze steht dir aber gut, das macht dich noch mehr sexy als du sonst schon bist. Ich hab' gedacht, ich bring eine Freundin mit, das ist dir doch recht?» Und schon glitt sie an Pedro vorbei ins Appartement, gefolgt von Jolanda.

Schnell wich Pedros Überraschung einer freudvollen Anspannung. *Natürlich ist mir das recht, da kriegt mein Kumpel noch drei weitere Löcher um sich wieder mal nach Leibeskräften auszutoben. Die Fischli ist zwar etwas fett, dafür hat sie aber schöne dicke Euter.* Dann ging alles sehr schnell, zu schnell für Pedro Alvare. Innert Sekunden sah er zwei Pfeffersprays auf ihn gerichtet und das blanke Entsetzen stach in seine Augen. Ein Schlag mit einem Wallholz auf seinen Kopf liess ihn taumeln, ein Tritt in seinen Unterleib, in seinen grössten Stolz liess ihn schlussendlich zu Boden gehen. Noch einmal versuchte sich Pedro aufzurappeln, doch da gab ihm Cécile mit einer Elektroimpulswaffe den Rest. Stöhnend vor Schmerzen wurde er von Cécile und Jolanda gepackt, mit einem schier unglaublichen Kraftaufwand aufs Bett gezerrt, mit Handschellen gefesselt und zu guter Letzt wurde ihm ein Mundknebel verpasst. Nun lag er da, schmerzerfüllt, überrascht und mit einer gewissen Panik, die er so bislang noch nicht kannte. Panik und Unverständnis, die schon bald zu Todesangst mutierten. Denn was er nun sah, das liess ihn das Schlimmste, das Allerschlimmste erahnen.

Cécile kramte einen grossen scharfen Dolch aus ihrer Handtasche, während Jolanda sich an Pedros Hosen zu schaffen machte. Sie öffnete den Gurt und zog die Hose und den Slip nach unten. «Ach, der arme Junge ist ja noch richtig klein», sagte Cécile, legte den Dolch zur Seite und machte sich mit ihren Händen daran, Pedros

Glied anwachsen zu lassen, was ihr nach einiger Zeit doch tatsächlich gelang. «Jetzt ist er wohl gross genug, was meinst du Jolanda?»

«Das denk ich mir auch.»

Was habt ihr mit mir vor, was wollt ihr, was soll der Dolch? Auch wenn Pedro versuchte ruhig zu bleiben, gelingen wollte ihm dies nicht mehr. *Und jetzt, nein, nein, nein!* Cécile nahm den Dolch zur Hand und sagte: «Sag deinem Kumpel schön auf Wiedersehen und deinem Leben gleich dazu!» Mit einem kräftigen Hieb war es um Pedros ganzen Stolz geschehen.

Petra Neuhaus sass mit der Kriminalpsychologin Susanne Zimmermann an ihrem Schreibtisch, während Erwin Leubin eintrat. «Wir haben Gewissheit, es ist tatsächlich Alvare. Ich habe soeben die Nachricht aus Luzern bekommen.»

Kurze Zeit blieb es still in Petras Büro, dann sagte sie endlich: «Gut.» Sie stand auf, blickte zum Fenster hinaus, wo sie gerade einen Schwarm herumfliegender Krähen beobachten konnte. *Totenvögel.* «Was meinst du mit gut?», wollte Susanne Zimmermann wissen.

«Nun, es ist gut, dass er tot ist, und dass er aus dem Verkehr gezogen worden ist. Allerdings hätte ich ihn lieber hinter Gitter gesehen bis an sein Lebensende. Dieser Mord, dieser bestialische Akt, wer tut denn so was?»

Susanne Zimmermann stand auf und begann ihre Ausführungen: «Nun, normale Gründe für eine Penis-Abtrennung gibt es nicht», erklärte die Psychologin. «Ich vermute eine schwere Persönlichkeitsstörung, die viel mit Triumph, Macht und Ohnmacht des Opfers zu tun hat. Das abgetrennte Geschlechtsteil kann auch als Beweis gesehen werden, dass das Opfer am Schluss besiegt ist. Sexuelle Inhalte möchte ich aber zunächst nicht überbewerten. Prinzipiell stellt sich mir die Frage, ob der Täter zurechnungsfähig ist. Dabei wird zwischen Persönlichkeitsstörung und Psychose unterschieden. Eine Psychose be-

161

dingt einen Realitätsverlust, bei dem das Selbst nicht mehr klar von anderen getrennt gesehen wird. Da es sich aber um eine länger geplante Tat handeln dürfte, vermute ich eher eine Persönlichkeitsstörung, die sich in einer Wutbeziehung zum Opfer ausdrückt. So dürften sich bei dem Täter lange wütende und frustrierte Fantasien angestaut haben. Nicht ausser Acht lassen darf man bei der Tat aber auch den kulturellen Hintergrund des Täters. Jeder Mensch und seine Handlungsweisen sind von der Umgebung sozialisiert.»

«Wahnsinn», meinte Petra Neuhaus, «ist Alvare denn wirklich elendlich verblutet?»

Erwin Leubin meldete sich zu Wort und sagte nur knapp und klar: «Beinahe.»

«Beinahe? Was heisst das?»

«Er wäre wohl früher oder später tatsächlich verblutet. Aber entweder hatte der Täter Mitleid mit ihm oder er wollte das Ganze beschleunigen, auf alle Fälle wurde ihm noch eine Dosis Atropin gespritzt.»

«Atropin, also das gleiche Gift, woran Sabrina gestorben ist. Das sieht mir doch sehr nach einem Racheakt aus. Aber wer kommt denn dafür in Frage?»

Susanne blickte Petra tief in ihre Augen und sprach: «Willst du das denn wirklich wissen? Oder genügt es dir, dass Alvare aus dem Verkehr gezogen ist und nie wieder einer Frau etwas Böses antun kann?»

Petra atmete durch, natürlich müsste sie den Mord an Alvare untersuchen, wenn er im Kanton Aargau geschehen wäre, denn schliesslich war sie ja in erster Linie Polizistin. Doch ob sie das tatsächlich gewollt hätte? Sie blickte zu Erwin, dann zu Susanne, stand alsbald auf und schritt zum Fenster, das sie öffnete und sich eine Zigarette anzündete. Nach drei Zügen drehte sie sich um sagte nur: «Lassen wir's bleiben! Sollen sich doch die Luzerner darum kümmern, wenn es ihnen drum ist.»

24 (Freitag, 07. Juni 2013)

Die Fahrt zu Sabrinas Eltern dauerte heute länger als sie es in Erinnerung hatte. *Es gibt einfach zu viele Autos auf der Welt, überhaupt zu viele Menschen, da kann man ja gar nicht vorwärtskommen. Am liebsten würde ich jetzt mein Blaulicht aufs Dach setzen und auf Biegen und Brechen losbrausen.* Tausend Gedanken gingen Petra Neuhaus während der Fahrt an den Hallwilersee durch den Kopf. Als Klarheit darüber herrschte, dass Pedro Alvare tatsächlich tod war, so war für die Kriminalkommissarin klar, dass sie Sabrinas Eltern persönlich die Nachricht überbringen musste. Und sie musste es heute Morgen erledigen, denn am Nachmittag bereits sollte die Presse über Alvares Tod informiert werden.

Nun konnte sie es sehen, das Einfamilienhaus, in dem Sabrina einst so glücklich war. Langsam fuhr sie auf den Besucherparkplatz, stellte ihr Auto ab, blieb noch einen Augenblick sitzen und schritt alsdann mit einem mulmigen Gefühl auf die Eingangstüre zu. *Tief durchatmen und los!* Schon drückte Petra auf die Türglocke und sie musste nicht lange warten bis sie im Innern des Hauses Schritte vernahm, die rasch näherkamen.

«Sie?» Hilda Eckert war sichtlich überrascht, Petra Neuhaus an ihrer Türe anzutreffen. «Guten Tag Frau Neuhaus, kommen Sie doch bitte herein.»

«Danke.» Und schon huschte Petra durch die Türe und es fiel ihr auf, dass Hilda Eckert heute viel besser aussah, als bei ihrem letzten Besuch, der ja auch schon wieder auf den Tag genau fünf Wochen zurücklag. Sie trug einen orangefarbenen Sommerrock und eine weisse Bluse. «Ist Ihr Mann nicht Zuhause?»

«Nein, er ist bei der Arbeit. Er hat vor einer Woche wieder angefangen, das Leben muss ja schliesslich weitergehen, irgendwie. Darf ich Ihnen einen Kaffee anbieten?»

«Gerne.» Nun herrschte erstmal Stille, Hilda Eckert war damit beschäftigt den Kaffee zu machen und Petra Neuhaus sprach über belanglose Sachen wie das Wetter, die allgemeine politische Situation auf der Welt, der übliche Smalltalk eben.

Petra konnte später nicht mehr sagen, wie lange Stille herrschte, nachdem sie nach dem dritten Schluck Kaffee, fast wie aus der Pistole geschossen, sprach: «Wie Sie ja wissen, konnten die Mörder Ihrer Tochter verhaftet werden. Allerdings fehlte bislang jede Spur von Pedro Alvare, der als Anstifter zum Mord gilt. Nun kann ich Ihnen aber sagen, dass Alvare nie wieder jemandem etwas Furchtbares antun wird, denn er ist tod. Wie ich Ihnen versprochen hatte, haben wir nun alle Täter gefasst oder sie sind nicht mehr am Leben.»

Nach einer gefühlten Stunde stand Hilda Eckert auf, hielt sich zunächst bei ihrem Küchenstuhl auf und ging dann zum Telefon. Sie wählte eine Nummer und musste nicht lange auf eine Antwort warten: «Hallo Anton, ich bins, es ist vorbei, er ist tot.» Sie drehte sich kurzerhand wieder zu Petra um und meinte lakonisch: «Das ist eine gute Nachricht, die sie mir gebracht haben.» Auch Petra Neuhaus stand nun auf und erwiderte: «Ja, das ist es, aber leider kann sie die schrecklichen Verbrechen, für die Alvare verantwortlich ist, nicht ungeschehen machen.»

Hilda reichte Petra die Hand: «Danke Frau Neuhaus, lassen wir es gut sein, die Zeit heilt alle Wunden.»

25 (Samstag, 08. Juni 2013)

Eine schwarze Amsel sass auf einer Buche und sang wohl ihr allerschönstes Lied. Petra Neuhaus blickte zu ihr hinauf, hielt in ihrem Schritt inne und horchte einige Sekunden der Melodie. Ein Gedicht kam ihr in den Sinn, ein Gedicht, das sie irgendwann gelesen hatte, aber sie wusste nicht mehr, wo dies war. Auch der Autor des Gedichtes war ihr entfallen. *Siehst du dort auf dem Baum, ganz weit oben: eine schwarze Amsel, sie fühlt sich sehr erhoben. Am Morgen weckt sie uns mit ihrem Gezwitscher, das so fröhlich; am Abend trällert sie uns ihre Abendmelodien, die so besinnlich. Das Lied der Amsel ist so alt wie die Welt, und viel mehr wert als alle Macht und alles Geld. Sie singt uns tagtäglich ihr allerschönstes Lied, und wir fühlen: Wir sind auf der Erde nur ein winzig kleines Glied.* Kurze Zeit später setzte sie ihren Weg an diesem frühen milden Samstagmorgen fort, sie war unterwegs im Laufenburger Wald, dorthin wo Sabrina vor einigen Wochen aufgefunden wurde. Sie hatte einen Strauss roter Rosen dabei, den sie am Fundort der Leiche niederlegen wollte. Damit wollte sie den weissen Rosen von Pedro Alvare Paroli bieten, einen klaren Gegenpol setzen. Sie war bereits eine runde Stunde unterwegs, ihr Auto hatte sie unten in der idyllischen Stadt auf dem Parkplatz Burgmatt, unweit des Schlossbergs, abgestellt. Bewusst wollte sie den Weg hinauf in den Wald zu Fuss bewältigen.

Wenige Minuten später war sie nun an ihrem angestrebten Ziel angekommen, ein Schauer erschütterte sie, als sie zurückdachte an die Nacht im April, als sie hier die tote Sabrina mit einer weissen Rose auf ihrem Hinterteil am Boden liegen sah. Langsam legte sie den Strauss roter Rosen an den Ort, wo Sabrina damals gelegen haben musste. Ganz genau wusste sie das gar nicht mehr, damals war es dunkel und es schüttete wie aus einem Wolkenbruch, es schien fast als würde sich die Sintflut anbahnen. Heute hingegen lachte die Sonne vom Himmel, so als wollte sich die Welt mit Petra versöhnen.

Petra setzte sich auf einen nahen Baumstrunk, nahm ihre Packung Zigaretten und ihr Feuerzeug aus der Tasche und zündete sich einen Glimmstengel an. *Ach Sabrina, Pedro Alvare ist tot, weisst du das schon? Vielleicht hast du ihn ja im Jenseits getroffen, wer weiss das schon so genau. Aber ich denke doch, dass er in der Hölle schmort, sofern es so etwas gibt und du da oben im Paradies bist.* Sie schaute zufrieden zum Himmel hinauf, legte den Kopf in den Nacken, da plötzlich hörte sie Hundegebell das näher kam. *Wer kommt denn jetzt? Muss das sein?* Hans-Peter Huber war wie jeden Tag mit seinem Hund und Begleiter «Flurin» unterwegs und wollte heute zum wiederholten Male den Ort aufsuchen, wo er vor wenigen Wochen die hübsche junge Frau tot aufgefunden hatte. Er hielt sofort inne, als Flurin zu bellen begann und er schaute sich um. Zunächst konnte er niemanden sehen, aber ein Geruch stieg ihm in die Nase, ein penetranter Gestank, den er so sehr hasste – Zigarettenqualm. Langsam ging er weiter in Richtung des Fundortes der toten Sabrina und sah nun eine Frau auf einem Baumstrunk sitzen. *Wer ist denn das? Sitzt da so seelenruhig dort, als könnte sie kein Wässerchen trüben, dabei verpestet sie mit ihrem unnötigen Gequalme die gute klare Waldluft. Ach, ist das nicht, natürlich, das muss sie sein.* «Hallo, Frau Kommissarin, sind sie das?»

Petra stand auf und blickte in die Richtung, aus der die Stimme zu ihr drang. «Ach Herr Huber, mit ihnen habe ich jetzt nicht gerechnet. Sie haben wohl das gleiche Ziel gehabt wie ich.»

Hans-Peter Huber erblickte den Rosenstrauss und nahm ihn verwundert zur Kenntnis. «Schön, aber …»

«Wollen wir uns nicht setzen?» Sabrina drückte ihre Zigarette aus, reichte Hans-Peter die Hand zum Gruss und setzte sich wieder an den gleichen Ort auf den Baumstrunk, während Hans-Peter sich zunächst suchend umblickte und sich dann auf einem grossen Stein in unmittelbarer Nähe von Petra niederliess. «Sie wissen es wohl noch nicht Herr Huber, denn die Presse wurde ja erst gestern Nachmittag informiert. Wir haben die Täter des Mordes an Sabrina Eckert gefasst und der Auftraggeber, dieser Pedro Alvare, ist tot. Alvare ist auch noch für weitere Todesfälle verantwortlich. Er wurde vor zwei Tagen ermordet in einem Hotelzimmer aufgefunden.»

Wenige Sekunden blickten sich die beiden, im Grunde genommen sehr unterschiedlichen Personen an, eine plötzlich aufkommende Verbundenheit war deutlich zu spüren. «Das sind doch schon mal gute Nachrichten, da wird die arme Seele wohl endlich Ruhe finden», sagte der rüstige Rentner und blickte zum Rosenstrauss hinüber. «Seit ich die Tote hier vor nun schon genau 47 Tagen aufgefunden habe, war ich immer wieder hier oben. Jedes Mal hatte ich das Gefühl, als würde die Seele der toten Frau hier herumgeistern, heute aber war dies nicht der Fall, nun weiss ich auch warum.»

Petras Hand griff wieder zur Zigarettenpackung, doch bevor sie das Feuerzeug entfachen konnte, stand Hans-Peter Huber resolut auf und sprach bestimmend: «Muss das denn wirklich sein?»

Petra erschrak zunächst ob der Bestimmtheit ihres Gegenübers und stand dann ebenfalls impulsiv auf. «Ach, entschuldigen sie Herr Huber, ich habe gar nicht mehr daran gedacht, dass ihre Frau ja deshalb …»

«Wissen sie Frau Neuhaus, meine Frau Dora hat schon geraucht, als wir uns als junge Menschen kennengelernt haben. Ich habe sie immer wieder versucht, davon zu überzeugen, dass es ungesund sei. Aber ich habe es nicht geschafft, ich habe versagt, deshalb gebe ich mir auch eine Mitschuld am Tod meiner geliebten Frau.» Die Stimme des Rentners wurde deutlich leiser und er musste seine Tränen unterdrücken.

Petra Neuhaus trat näher zu Hans-Peter heran, fasste ihn an der rechten Schulter und sprach nur: «Aber das müssen sie doch nicht, sie ...» Mehr vermochte sie nicht zu sagen, sie wusste ganz einfach nicht, wie sie diesem offenbar mit sich selbst unzufriedenen Mann begegnen sollte.

«Haben sie gewusst Frau Neuhaus», begann Hans-Peter mit einer eindringlichen Rede, «dass weltweit jährlich sechs Millionen Todesfälle vermieden werden könnten, wenn diese sechs Millionen Menschen sich nicht diesem unverständlichen Vergnügen hingeben würden? Allein im EU-Raum gibt es jährlich rund 700'000 Personen, die deshalb sterben müssen, die Passivraucher mit eingerechnet. Rauchen ist meiner Ansicht nach das Schlimmste, das Ungesundeste, das sich ein Mensch überhaupt antun kann.»

«Sie haben natürlich Recht, allerdings kann doch jeder Mensch selbst entscheiden, ob er sich dies antun möchte, es ist des Menschen freie Entscheidung», versuchte sich Petra zu rechtfertigen.

«Seit wir in der Schweiz im öffentlichen Raum ein Rauchverbot haben», so fuhr Hans-Peter Huber unbeirrt weiter in seinen Ausführungen, «ist die Zahl der Herzinfarkte um zwanzig Prozent gesunken, das ist unbestritten. Allein diese Tatsache sollte alle Menschen nachdenklich stimmen. Zudem ist es nicht nur das Ungesundeste, das man sich antun kann, sondern es ist gegen jede Natur, verstehen sie? Es ist nicht natürlich, dass Rauch aus dem Mund oder der Nase eines Menschen kommt, es widert mich zutiefst an, wenn ich so etwas sehe.»

«Und dennoch können sie die Welt nicht plötzlich rauchfrei machen», setzte sich Petra trotzig dagegen.

Wie ein zutiefst gebrochener Mann setzte sich Hans-Peter Huber auf den Stein, strich zärtlich seinem Hund übers Fell und sprach weiter: «Ja, sie haben natürlich Recht. Ich kann es ganz einfach nicht verstehen, dass es Menschen gibt, die sich das freiwillig antun. Und wenn ich etwas nicht verstehen kann, so fühle ich mich so hilflos … Haben sie denn nie daran gedacht, damit aufzuhören?»

«Oh doch, natürlich schon sehr oft. Ich habe es auch immer wieder versucht. Aber ich werde es erst schaffen, wenn ich in meinem Leben angekommen bin, wenn es für mich stimmt. Dann werde ich das Nikotin nicht mehr benötigen, das weiss ich ganz genau.»

Hans-Peter blickte Petra tief in ihre Augen: «Ich wünsche ihnen, dass dies schon sehr bald der Fall sein wird, dass sie in Ihrem Leben ankommen.»

26 (Mittwoch, 12. Juni 2013)

Das Telefon auf dem Schreibtisch von Petra Neuhaus klingelte gerade in dem Augenblick, als die Kriminalkommissarin am frühen Morgen des 12. Juni 2013 in ihr Büro trat. *Ja, ich bin ja schon da, kaum bin ich hier, so klingelst du Scheissding, was hast du mir denn schon wieder für eine Hiobsbotschaft anzupreisen?* «Ja hallo, Neuhaus».

«Guten Morgen Frau Neuhaus. Eine junge Frau möchte zu ihnen, sie hat gesagt, es ginge um den Mordfall Pedro Alvare», so tönte es ihr aus dem Telefonhörer entgegen.

«Und wie heisst sie denn, diese junge Frau?» *Eigentlich möchte ich ja gar nichts mehr mit diesem Fall zu tun haben, der Kerl ist tot, aus und vorbei.* Petra Neuhaus setzte sich auf ihren Bürostuhl und erwartete die Antwort.

«Sie heisst Maria-Dolores Dominguez, sie hat gesagt, sie sei die Tochter von Pedro Alvare.»

*Die Tochter, er hat eine Tochter gehabt? Eine Maria-Dolores Do-
minguez? Das gibt's doch nicht, so was. Davon habe ich ja keine Ahnung, wieso haben wir das nicht herausgefunden? Maria-Dolores Dominguez?* «Okay, lassen sie sie bitte zu mir bringen», und schon legte
sie den Hörer auf, tausend Gedanken gingen ihr in den wenigen
kurzen Minuten durch den Kopf, bis Maria-Dolores eintrat. *Warum
sagt mir keiner, dass dieser verfluchte Hurensohn eine Tochter gehabt
hat, wenn es denn überhaupt wahr ist. Vielleicht ist es auch nur ein
Fotomodell, das sich nun in der Öffentlichkeit zeigen will, um eine grosse
Karriere zu machen. Aber vielleicht weiss die junge Frau ja, wer Alvare
umgebracht hat, aber das will ich ja eigentlich gar nicht wissen.* Unruhig lief sie im Büro auf und ab. *Maria-Dolores, meine Maria-Dolores
aus jener lustvollen Nacht, was sie wohl heute macht? Ich habe sie nie
wieder gesehen, wie denn auch, wir haben unsere Telefonnummern und
Adressen ja nicht ausgetauscht. Nicht einmal unsere Nachnamen haben
wir uns damals anvertraut, vielleicht war Maria-Dolores ja gar nicht
ihr richtiger Name. Aber eigentlich wäre es ja schon schön gewesen, wenn
ich sie wieder mal gesehen hätte.* Einem Engel gleich glitt Maria-Dolores Dominguez ins Büro von Petra Neuhaus, sofort blieb sie wie
angewurzelt stehen und konnte nicht fassen, wen sie da vor sich stehen sah. Beide Frauen starrten sich überrascht an und sagten praktisch gleichzeitig: «Maria-Dolores, du?» und «Petra, du?»

Petra Neuhaus war es, die sich als Erste wieder fassen konnte und
versuchte die Haltung zu bewahren. Auch wenn es ihr enorm schwer
fiel, denn in Gedanken schweifte sie zurück in jene Nacht vor etwa
zwei Jahren, als sie und Maria-Dolores sich in einer Bar in Zürich
kennenlernten. Es war das erste Mal, dass Petra sich in dieser Bar
aufhielt, sie wollte einfach mal raus aus dem Alltag, nahm sich in
Zürich in einem Viersternehotel ein Zimmer für eine Nacht und
hatte nur ein Ziel: «Sex, Sex, und nochmals Sex!» Viele erotische
Stunden hatte sie ja seit der Trennung von Ulrich nicht gehabt und

eigentlich wollte sie mit einem Mann ins Bett. Aber da kam Maria-Dolores wie ein Engel aus dem Paradies an ihren Tisch, lud sie zu einem Gin Tonic ein und versprühte einen Charme, dem sie sich gerne ausliefern liess. Was folgte, das war eine leidenschaftlich hemmungslose Nacht. Eine Nacht, die sie trunken wie in Trance erlebte und die sie bis heute nicht mehr vergessen sollte. Nun aber durfte Petra nicht daran denken, sie musste sachlich und neutral bleiben. «Bitte setz dich doch, Maria-Dolores, du bist also tatsächlich die Tochter von Pedro Alvare?» *Scheisse, ich war mit Alvares Tochter im Bett! Pass bitte auf Petra, mach jetzt bloss keinen Fehler, der könnte dir sonst noch zum Verhängnis werden. Das wäre mein Ende, das würde nicht einfach nur ein Disziplinarverfahren mit sich ziehen. Das würde bestimmt das Ende meiner Polizeilaufbahn bedeuten.* «Ja, das bin ich», sagte sie langsam während sie sich auf dem Stuhl niederliess, «und du bist tatsächlich Kriminalkommissarin?» Maria-Dolores lächelte und sprach weiter: «Das hätte ich von dir aber nicht gedacht, ich habe eher gemeint, du bist so eine klassische Managerin, eine Karrierefrau in einem Riesenbetrieb, kurz vor dem Burnout. Du bei der Kripo, oh Mann! Wie man sich doch täuschen kann.»

«Wir müssen jetzt bei der Sache bleiben, weshalb bist du hier?» Petra Neuhaus setzte sich gegenüber von Maria-Dolores. Sie versuchte ruhig und neutral zu bleiben, doch ihre Anspannung war sichtlich spürbar. Das Knistern, das Rauschen der Emotionen war beinahe zu hören, als sie sich nun zum ersten Mal seit zwei Jahren gegenübersassen.

«Ich, ach eigentlich weiss ich das gar nicht mehr, ich bin ganz durcheinander. In meinem Kopf herrscht das Tohuwabohu. Ich habe eigentlich gedacht, ich könnte euch vielleicht nützlich sein, aber jetzt...» Maria-Dolores brach ab, sie wusste nicht, ob sie weiter erzählen sollte oder nicht. Obwohl sie versuchte, sich nichts anmerken zu lassen, schien sie von der Situation nun doch überfordert zu sein.

«Wie war denn dein Verhältnis zu deinem Vater, zu Pedro Alvare?»

«Mein Vater ... ach ... Wollen wir nicht lieber über unsere spezielle Nacht vor zwei Jahren sprechen? Ich hätte ja nie gedacht, dass ich dich jemals wiedersehen würde. Und ganz bestimmt nicht in diesem Zusammenhang! Ach Petra, du warst damals verdammt notgeil, weisst du das? Kannst du dich noch daran erinnern, wie du in deinem Orgasmus geschrien hast? Wie ein Wolf der den Vollmond anheult.»

«Ach, hör schon auf, das ist mir peinlich.» Auch wenn ihr Puls in einem Schnellzugtempo durch ihren Körper fuhr und ihr Herz klopfte, als möchte es aus einem dunklen Gefängnis entlassen werden, versuchte Petra ruhig zu bleiben. Sie blickte Maria-Dolores direkt in die Augen und fragte so sachlich wie nur möglich: «Maria-Dolores Dominguez, du bist hier, weil du eine Aussage im Mordfall Pedro Alvare machen willst. So habe ich dein Auftreten hier zumindest wahrgenommen, nicht wahr? Also bleib bitte sachlich und lass die alte Geschichte dort wo sie hingehört, nämlich in der Vergangenheit, die so gar nicht stattgefunden hat.»

Maria-Dolores Augen funkelten wie diejenigen eines verwundeten Tigers vor seinem Angriff. «Ganz wie du willst Petra. Auch wenn du das nicht wahrhaben willst, du warst mit der Tochter eines mehrfachen Killers im Bett. Du hast es genossen, von Alvares Fleisch und Blut vernascht zu werden. Aber lassen wir die Angelegenheit und stell deine Fragen, ich werde sie dir gerne beantworten, so wie es sich für eine gute Bürgerin gehört.»

Wenige Sekunden, vielleicht sogar eine ganze Minute oder noch länger war es mucksmäuschenstill im Polizeibüro. Man hätte eine Büroklammer zu Boden fallen gehört, so still war es in diesem Moment. Dann, nach einem kurzen Räuspern, wiederholte Petra die bereits gestellte Frage: «Wie war denn dein Verhältnis zu deinem Vater, zu Pedro Alvare?»

«Mmh, das ist eine verdammt gute Frage. Ich muss da wohl in meiner Kindheit anfangen. Meine Mutter war eine wunderschöne Frau, sie hiess Alessandra Ines Dominguez. Sie war die Tochter einer spanischen Gastarbeiterfamilie, die in einem Vorort von Bern wohnte. Kurz vor ihrem 20. Geburtstag lernte sie offenbar Pedro Alvare kennen. So wie sie mir erzählt hatte, war es nur eine kurze Affäre, die sie da mit Alvare hatte. Sie seien nur wenige Male intim gewesen, aber das hat ja wohl gereicht, um mich zu erzeugen. Nun auf alle Fälle liess Pedro Alvare meine Mutter im Stich, als sie ihm von der Schwangerschaft erzählte. Erst einige Jahre später konnte sie ihn wieder aufspüren, das muss in Freiburg im Breisgau gewesen sein.»

«In Freiburg?» Petra wurde hellhörig, «Wann war das denn, kannst du mir das sagen?»

«So wie es meine Mutter gesagt hat, muss das so um die Jahrtausendwende gewesen sein. Genau kann ich dir das aber wirklich nicht sagen, ist das denn so wichtig?»

«Nein, natürlich nicht.» *Das passt, 2001 wurde im Breisgau doch die tote Frau gefunden. Natürlich war Alvare zu jener Zeit in Freiburg anzutreffen.* «Wie alt warst du denn damals? Ich weiss gar nicht, wie alt du bist Maria-Dolores.»

«Ich bin 1994 zur Welt gekommen, war damals also noch ein kleines süsses Mädchen.»

Süss bist du immer noch, Maria-Dolores. Wie die Räder in einer Mühle, so begannen die Gedanken in Petras Kopf zu mahlen. *1994 in der Nähe von Bern zur Welt gekommen, meine Schwester ist Anfang der neunziger Jahre in Bern gestorben. Und da waren doch die weissen Rosen auf ihrem Grab. Scheisse, kann es sein, dass Alvare auch der Mörder meiner Schwester Anita war? Der Todesfall von Anita war der Auslöser, dass ich überhaupt zur Polizei gegangen bin. Und heute nach über zwanzig Jahren, als Kriminalkommissarin, werde ich wieder mit ihrem*

Tod konfrontiert. Oh Gott, ich brauche Luft. Petra stand auf und sprach: «Komm Maria-Dolores, lass uns bitte an die Aare runtergehen, ansonsten ersticke ich hier im Büro noch.»

Eine halbe Stunde später sassen sie unten an der Aare in der Nähe der Schwanbar, die aber zu dieser Zeit noch nicht geöffnet hatte. Petra blickte in Maria-Dolores Gesicht, das ihr noch wunderschöner erschien, als vor zwei Jahren in jener Nacht in Zürich. «Wann bist du denn Alvare zum ersten Mal begegnet? Wann hast du ihn erstmals als Vater wahrgenommen?»

«Da war ich schon etwa zehn Jahre alt. Meine Mutter und Pedro Alvare trafen sich in Mulhouse, wo Alvare zu jener Zeit lebte.»

Bingo! 2004 wurde im Elsass doch wieder eine tote Frau mit weissen Rosen aufgefunden. Es passt alles zusammen. «Und wie war dein erstes Zusammentreffen mit deinem Vater?»

Maria-Dolores schaute zur Aare, wo sie gerade einen stolzen Schwan vorbeischwimmen sah. Sie kniff ihre Augen zusammen und sagte nur: «Verschissen!»

«Verschissen, warum?»

«Er hat mir das Gefühl gegeben, als sei ich nur ein lästiges Insekt, ein Bastard, den er loswerden musste. Er hat mich erst mit sechzehn Jahren so richtig wahrgenommen, als meine Titten sich zu einer wahren Pracht entwickelten und ich einen Knackarsch bekam, da wurde ich interessant für ihn. Wenn ich nicht seine eigene Tochter gewesen wäre, so wäre er bestimmt über mich hergefallen. Ich begann als Fotomodell für ihn zu arbeiten, aber eine wirklich gute Beziehung war das nie zwischen uns.»

«Und deine Mutter, wie war ihr Verhältnis denn zu Alvare in den letzten Jahren?»

Maria-Dolores blickte zu Boden, auf das Gras, das sich zwischen ihren Füssen befand. Das Atmen fiel ihr schwer, was auch Petra auffiel, doch sie konnte ja nicht wissen, nicht erahnen, dass die Mutter von Maria-Dolores bereits nicht mehr am Leben war. «Es war nur wenige Male, als ich die beiden zusammen sah und jedes Mal gab es heftigen Streit. Jedes Zusammentreffen war voller Hass, Alvare wurde auch handgreiflich und er schlug meine Mutter immer wieder bis sie blutend vor ihm lag.»

«Und wo ist deine Mutter jetzt?»

Maria-Dolores ergriff die rechte Hand von Petra, sie schloss die Augen, atmete tief durch und sagte dann. «Sie ist tot, vor drei Jahren wurde sie auf einem Fussgängerstreifen erfasst und sie verstarb noch auf der Unfallstelle. Vom Unfallverursacher fehlte jede Spur, bis heute ist der Unfall nie aufgeklärt worden, aber ich bin sicher … Ich bin sicher, dass … Es muss Alvare gewesen sein, oder nein, irgendeiner den Alvare dazu angestellt hat. Ich bin überzeugt davon, dass Alvare meine Mutter auf dem Gewissen hat.»

«Hast du von deinem Verdacht der Polizei gegenüber etwas gesagt?»

«Nein, Alvare kümmerte sich nach Mutters Tod um mich, gab mir immer wieder gute Fotoshootings. Aber ich wusste, irgendwann wird er für all seine Taten bestraft werden. Das hielt mich am Leben, nur deshalb habe ich weiter für ihn gearbeitet.»

«Nun wurde er ja für seine Taten bestraft, der Mord an ihm scheint mir aber doch sehr brutal gewesen zu sein. Ein Racheakt, voll abgrundtiefem Hass, weisst du wer Pedro Alvare umgebracht hat, oder warst am Ende …»

Weiter konnte Petra nicht sprechen, Maria-Dolores riss sich los und begann wild zu schreien. «Du meinst, dass ich es war, dass ich meinen Vater umgebracht habe? Ich hätte allen Grund dazu gehabt, das weisst du ganz genau. Aber ich habe es nicht getan, und weisst du warum? Weil ich den Mut dazu nicht hatte, deshalb. Aber seit meine geliebte Mutter tot ist, habe ich mir Alvares Tod gewünscht, ich habe ihn mir herbeigesehnt. Die Frau, die ihn umgebracht hat, ist für mich eine Heilige, verstehst du? Eine Heilige!» Trotzig stand Maria-Dolores vor Petra, ihre Arme verschränkt, ihr Blick steinern, ihre Füsse schienen sich in den Boden hinein zu bohren.

«Die Frau ist eine Heilige, welche Frau, weisst du wer Alvare umgebracht hat?» *Verdammt, das will ich ja gar nicht wissen, soll ich etwa Alvares Mörderin verhaften? Was für eine Ironie, welch Widerspruch, das kann ich nicht tun.* Ein lauer Sommerwind wehte am Ufer der Aare durch das Laub der Sträucher, ein Zitronenfalter setzte sich auf die Gartenbank, auf der vor wenigen Minuten noch Petra und Maria-Dolores sassen. Maria-Dolores wusste sehr wohl, dass Cécile ihr gefolgt war, dass sie es wohl gewesen sein musste, die Pedro Alvares Licht endgültig ausgelöscht hatte. Doch musste sie dieses Geheimnis gegenüber Petra Neuhaus denn wirklich offenbaren? Petra nahm ihre Hand: «Weisst du was Maria-Dolores, behalt es für dich. Ich bin hier als Kriminalkommissarin, wenn du willst kannst du mir alles was du weisst einmal als Privatperson erzählen und anvertrauen. Aber jetzt und hier will ich es nicht wissen. Der Scheisskerl hat doch einfach nur das gekriegt was er verdient hat.» Mit diesen Worten nahm Petra die junge zitternde Frau in die Arme, hielt sie fest und gab ihr jene Geborgenheit, die sie von ihrer Mutter nicht mehr bekam, nie mehr bekommen konnte.

27 (Sommer, 2013)

Ferien, endlich Ferien, wie lange hatte Petra schon voller Sehnsucht auf diesen Augenblick gewartet. Wie sehr hatte sie diesen letzten Arbeitstag herbeigesehnt. Jetzt, wo der Mordfall «Weisse Rose» endgültig ins Archiv gehörte, hätte sie eigentlich ruhig und entspannt in den Urlaub reisen können. Doch bereits seit Tagen war sie nervös, nicht wegen der bevorstehenden Reise, nein, das denn doch nicht. Viel eher aus dem Grund, dass sie die Reise mit Ulrich Zumsteg unternahm. Konnte das wirklich gutgehen?

«Jeder hat eine zweite Chance verdient, auch Ulrich, und ich auch.», sagte sie zu Erwin, der sich überaus überrascht zeigte, dass Petra mit Ulrich nach Skandinavien reisen wollte. Vier Wochen auf den Spuren der TV-Kommissare Kurt Wallander und Sarah Lund sozusagen, denn von diesen beiden war sie sehr angetan. Alle Filme hatte Petra bei sich zuhause auf DVD. Oft stellte sie sich vor, wie es wäre, wenn Wallander und Lund zusammengekommen wären und gemeinsam einen Fall gelöst hätten. Sie malte sich dann in ihrer blühenden Fantasie die tollsten Verbrechen aus, die vom Duo Lund/Wallander aufgedeckt wurden. Und noch viel mehr, oft war sie selbst ebenfalls Teil der Ermittlungen. Manchmal als dritte kriminalpolizeiliche Kraft, oft als Zeugin, oder sogar als Täterin.

«Und Susanne?», fragte Erwin zaghaft, und riss sie damit aus den Gedanken zurück ins hier und jetzt.

Petra, die dabei war ihren Arbeitstisch aufzuräumen, damit sie mit einem guten Gewissen in den Urlaub abdüsen konnte, hielt augenblicklich inne und schielte Erwin von der Seite her an: «Susanne, du meinst unsere Kriminalpsychologin Susanne Zimmermann?».

«Ja genau, die meine ich.»

«Warum, was ist mit ihr?», fragte Petra vorsichtig ihren Arbeitskollegen.

«Wird sie denn nicht sehr enttäuscht sein, dass du wieder mit Ulrich zusammen bist?» Erwin schaute seine Kollegin ernst und fordernd an. *Oh, jetzt habe ich es also gesagt, mal schauen wie sie darauf reagieren wird.* «Du weisst von Susanne und mir? Aber wieso, warum?» Petra war sichtlich schockiert und musste sich umgehend setzen, sie verstand die Welt nicht mehr. «Hat sie dir von uns erzählt?»

«Quatsch, das musste sie gar nicht, ich habe doch schliesslich Augen im Kopf. Und überdies bin ich Kriminalpolizist, und ganz bestimmt kein schlechter, denn ich habe die beste Chefin der Welt. Hast du das etwa schon wieder vergessen?»

«Du bist ein Heuchler, aber auch Heuchler müssen sterben, das weisst du doch.» Sie stand wieder auf, kramte alles Notwendige in ihre Handtasche, trat nun zu Erwin heran und umarmte ihn herzlich: «Pass gut auf den Laden hier auf.»

«Keine Sorge, schöne Ferien Petra, du hast es dir verdient.»

Und ob ich mir das verdient habe. «Und ruf mich bloss nicht an Erwin, wenn ich in Skandinavien bin. Egal was passiert, von mir aus kann die ganze Welt zusammenbrechen, Alvare kann von den Toten auferstehen oder was auch immer. Mir ist das alles so was von egal, ich mach jetzt Ferien!»

Zuhause angekommen streifte sie nur rasch ihre dunkelgrünen Stiefeletten ab und warf sich dann schwungvoll aufs bequeme Sofa. Sie suchte ihr Handy hervor und wählte eine Nummer. Sie musste nicht lange warten, nach zwei Ruftönen vernahm sie bereits die ihr so bekannte Stimme, die sie so sehr liebte.

«Petra, hallo, mit dir habe ich jetzt aber nicht gerechnet. Bist du denn nicht mit Packen beschäftigt?»

«Oh Susanne, doch eigentlich schon, das heisst, ich hab' noch gar nicht damit angefangen.»

«Du hast ja noch die ganze Nacht vor dir, du reist ja erst morgen. Oder hast du es dir etwa schon wieder anders überlegt?» Lag da eine fragende Hoffnung in den Worten der Kriminalpsychologin Susanne Zimmermann? Susanne war sehr wohl bewusst, dass die Zeit der intimen Stunden mit Petra wohl endgültig vorbei war, sollte sie denn wirklich eine gemeinsame Zukunft mit Ulrich anstreben. Susanne lebte in einer Dachwohnung und jetzt im Sommer war es in den Räumen so richtig heiss, drückend schwül. Sie war nur mit einem engen Slip und einem kurzen T-Shirt bekleidet. Wie gerne hätte sie jetzt Petra bei sich gehabt. Sie malte sich aus, wie sie zusammen eine kühle Dusche genossen hätten, wie sie sich nackt wie Gott sie erschaffen hatte, aufs Bett stürzten und sich ganz ihrer Wollust hingaben. Vor kurzem erwarb sie sich einen Womanizer, den hätte sie gerne mit Petra ausprobiert. *Bei dieser Hitze wäre sogar mal eine erotische Variante auf dem Balkon drin. Ach Petra, ich werde dich vermissen, sehr sogar.* «Nein, nein, noch nicht. Das heisst, nein ich werde es mir nicht anders überlegen, Ulrich und ich reisen morgen nach Göteborg … Du hör mal Susanne, es tut mir leid, ich …» *Muss ich mich wirklich entschuldigen, wir haben ja beide gewusst, dass es nur eine vorübergehende Sache mit uns ist.* «Ach liebe Petra, du musst dich nicht entschuldigen. Wir haben ja beide gewusst, dass es nur eine vorübergehende Sache mit uns ist.»

«Kannst du durch das Telefon hindurch Gedanken lesen?», antwortete Petra überrascht.

Susanne musste lachen, das Lachen tat Petra gut. «Nein, das kann ich nicht, noch nicht, vielleicht schaffe ich es ja eines Tages. Und wenn, dann kann ich mich bei Mike Shiva melden. Ich habe gelesen, dass er wieder mal neue Moderatoren für seine Show sucht.»

«Okay, ich weiss aber nicht, ob ich dann anrufen werde, um mit dir vor allen Fernsehzuschauern meine Probleme zu besprechen.» Einen kurzen Augenblick war Ruhe, eine beklemmende Ruhe, die beiden Frauen nicht behagte, aber weder Susanne noch Petra vermochte weiterzusprechen. «Na dann …»

«Ja genau, mach es gut, Petra.»

«Du auch, und … Ich werde mich bei dir melden, okay?»

«Okay!»

Petra legte das Handy auf den Salontisch, blickte zum Fenster hinaus, eine gewisse Wehmut lag in ihrem Blick. *Susanne hat sich ziemlich locker gegeben und neutral verhalten, aber irgendwie werde ich den Eindruck nicht los, dass es für sie doch mehr als nur eine Liebelei war. Wir hatten eine kurze intensive und sehr schöne Zeit, aber eine längere Beziehung mit einer Frau? Nun ich weiss nicht, auch wenn es noch so lustvoll mit ihr und ihrem Jean-Pierre war. Nein, eine Beziehung auf immer und ewig mit einer Frau, auch wenn Susanne noch so genial ist, das kann ich mir wirklich nicht vorstellen. Es tut mir leid Susanne.*

Drei Wochen später schlenderten Petra und Ulrich über den Sand am Ufer des Meeres. Sie hielten sich wie zwei jung verliebte an den Händen. Plötzlich hielt Ulrich inne, löste sich von Petra und blickte ins Meer hinaus. «Meinst du, dass wir es schaffen werden?»

«Es gibt keine Garantie, es gibt nie eine Garantie im Leben. Und ganz sicher nicht, wenn es ums Zusammenleben von Mann und Frau geht. Eigentlich sind Männer und Frauen so verschieden, dass sie gar nicht zusammenleben können.»

«Komm mir jetzt aber nicht mit Sammeln und Jagen.» Ulrich musste selbst schmunzeln, denn noch immer konnte er sich gut daran erinnern, wie er und Petra vor etwa zehn Jahren in Basel eine Vorstellung des Theaters «Caveman» besucht hatten.

Petra stand neben Ulrich und blickte ebenso ins Meer hinaus, das ihr so unendlich weit vorkam. *Wie soll ich denn wissen, ob wir das schaffen. Ich bin auf der Erde doch nur ein winzig kleines Sandkorn, so wie es unzählige Sandkörner unter meinen Füssen gibt. Ich versuche einfach mein Bestes, dann wird's schon klappen irgendwie, und wenn nicht?* «Warum gibst du mir denn keine Antwort?» Ulrich schien bereits etwas ungeduldig zu werden, er wollte eine Antwort auf seine Frage. Und vor allem wollte er von Petra eine positive Antwort.

«Typisch Mann, ihr müsst immer sofort und auf alles eine Antwort haben. Und am allerliebsten natürlich eine Antwort, die ihr hören wollt.»

«Das stimmt doch nicht, das ist nicht fair.»

Petra zog an ihrer Zigarette und sprach: «Weisst du Ulrich, ich weiss, dass du immer gegen das Rauchen gewesen bist.»

«Aber ...»

«Du musst jetzt nichts sagen, ich weiss ja selbst wie ungesund es ist. Schon vor einiger Zeit habe ich mir geschworen damit endgültig aufzuhören, dann wenn ich richtig in meinem Leben angekommen bin. Und weisst du – das ist jetzt. Ist das Antwort genug?» Mit diesen Worten drückte sie ihre letzte, ihre allerletzte Zigarette an einem Felsen aus und sagte leise, nachdenklich aber deutlich: «Das wars!»

Epilog

Mit sich und der Welt zufrieden schlenderte Petra den schmalen Weg empor zum Friedhof. In der Hand trug sie einen Blumenstrauss in den allerschönsten Farben, der mit den Farben des Herbstes um die Wette strahlte. Denn auch die Bäume entlang des Weges erstrahlten in wundervollen herbstlichen Tönen, es war ein wunderschöner Herbsttag, an dem sich Petra entschloss, das Grab ihrer Schwester zu besuchen.

Die Kriminalkommissarin Petra Neuhaus fühlte sich richtig gut. Seit etwas mehr als zwei Monaten war sie nun wieder offiziell mit Ulrich zusammen. Noch lebten sie getrennt in zwei Wohnungen, aber sie hatten sich bereits entschieden, sich im nächsten Jahr intensiv nach einer grossen Eigentumswohnung umzusehen. Petra freute sich auf diese Zeit, auf die Stunden mit Ulrich, auf die gemeinsame Zukunft. Vielleicht würde sie in ihrem doch nicht mehr ganz jungen Alter sogar noch heiraten. Man ist nie zu alt, um glücklich zu sein.

Auch gesundheitlich fühlte sich Petra weitaus besser als auch schon, ihre noch immer täglichen Kopfschmerzen hatte sie weitaus besser im Griff als noch vor Monaten. Sie ging seit ein paar Wochen zu einem neuen Neurologen, der ihr auch wichtige Tipps für den Alltag mit auf den Weg geben konnte. Sie glaubte auch, dass die Verminderung der Schmerzen damit zusammenhing, dass sie wieder mit Ulrich zusammen war und auch damit, dass sie es endlich geschafft hatte, nicht mehr länger eine Sklavin des Nikotins zu sein. Sogar die Depressionen waren beinahe kein Thema mehr. Sie hatte sich sogar entschlossen, ihre Therapie zu beenden und ihre Antidepressiva abzusetzen. Sie war der felsenfesten Überzeugung, dass sie diese Krücken nicht mehr benötigte.

Hallo Anita, sie war beim Grab ihrer Schwester angekommen, *ich weiss, ich war schon längere Zeit nicht mehr hier. Verrückte Wochen und Monate liegen hinter mir, weisst du? Vielleicht weisst du das ja wirklich, es kann ja sein, dass du mich wirklich von irgendwoher beobachtest und weisst, was ich mache und denke.* In der Tat wurde Petra genau in diesem Augenblick beobachtet. Nicht etwa von Anita oder von Anitas Geist, sondern von einer jungen südländischen Frau die ihr gefolgt war und die nun in unmittelbarer Nähe hinter einer Mauer stand. Auch die hübsche Frau war nicht ohne Blumen gekommen, in den Händen trug sie einen grossen Strauss weisser Rosen. Sie hatte das starke Gefühl in sich, etwas gut machen zu müssen.

Ein Rotmilan zog derweil über dem Friedhof seine Kreise, wohl auf der Jagd nach Nahrung, denn hier auf dem Friedhof konnte man immer wieder Mäuse beobachten. Petra sah dem Greifvogel mit Bewunderung zu, wie er leicht wie eine Feder über sie hinwegschwebte. Ein Geräusch, ein Knacken eines Astes, liess sie aufhorchen, war da jemand? Sie schaute sich um, konnte jedoch niemanden sehen und auch nichts mehr hören, so wandte sie sich nochmals ihrer Schwester zu. *Als du starbst, haben alle geglaubt, dass du deinem Leben selbst ein Ende gemacht hast, dir den goldenen Schuss gesetzt hast. Ich hatte immer meine Zweifel, ich glaubte immer an irgendein Verbrechen, das an dir begangen wurde. Deshalb ging ich doch auch zur Polizei, damit ich ebensolche scheinbar unlösbaren Fälle aufdecken kann. Heute bin ich mir fast hundertprozentig sicher, dass Pedro Alvare dich umgebracht hat oder zumindest, dass er dahintersteckt. Beweise dafür werden nie zu finden sein, das spielt auch keine Rolle mehr, denn er ist ja tot. Aber es gibt noch viele, noch sehr viele Menschen wie Alvare, das Böse im Menschen wird immer da sein. Das kann man nicht ändern, aber man kann versuchen, damit umzugehen und mit aller Macht dagegen anzukämpfen. Immer in der Hoffnung, dass das Gute dereinst über das Böse siegen wird.* Petra blickte nochmals zum Himmel hoch, doch der Rotmilan war nun nicht mehr zu sehen. *Ob er wohl seine Beute gefunden hat?* Sie verliess das Grab, entfernte sich rund zwanzig Meter, hielt inne und schaute nochmals zurück zum Grab ihrer Schwester. *Das gibt es nicht, nein!* Sie glaubte zunächst eine Halluzination zu haben, doch beim nochmaligen Hinsehen war es eindeutig: Auf dem Grab ihrer Schwester Anita lag neben dem ihren ein grosser wunderschöner Strauss weisser Rosen.

ENDE

Martin Willi

Das Licht der Welt erblickte Martin Willi am 05. April 1964. Obwohl er schon als Kind gerne las und alle möglichen Bücher verschlang und sich in der Schule als begabter Aufsatzschreiber entpuppte, deutete zunächst nichts darauf hin, dass er sich als Erwachsener den Bereichen Theater und Literatur verschreiben sollte.

Mit dem Theater kam er schon früh in Tuchfühlung, war doch bereits sein Vater ein begeisterter Laienschauspieler. Er selbst hätte sich jedoch als junger Mann nie auf eine Bühne gewagt. Doch erstens kommt es anders und zweitens als man denkt.

1990 trat er erstmals theatralisch in Erscheinung, wie eine Erleuchtung überkam es ihn und, fortan sollte das Theater ein fester, nicht mehr wegzudenkender Bestandteil seines Lebens werden. Dies einerseits als Darsteller, bald schon als Regisseur und ab 1995 auch als Theaterautor. Sein erstes Stück «De Wilddieb vom Kornberg» feierte 1995 die Uraufführung. Seither sind bereits rund 70 verfasste, übersetzte oder neu bearbeitete Stücke seiner kreativen Feder, beziehungsweise Tastatur entsprungen. Dabei legt er sich auf keine Stilrichtung fest. Kinderstücke, gesellschaftskritische Schauspiele, Krimis, Psychothriller, Volksstücke im Bauernmilieu, Komödien und so weiter und so fort, reihen sich Stück an Stück. 2001 erschien zudem sein Theaterbuch «Entspannen, Konzentrieren, Darstellen».

Im Jahre 2008 wagte sich der Autor mit «Abenteuer in Calgary» an ein neues Genre, der Jugendroman war sein Erstlingswerk in der

Belletristik. Mit «Das Ende des Laufstegs» präsentiert er nun einen spannenden, aber auch emotionalen Kriminalroman.

Seit 2013 ist Martin Willi auch als Kunstmaler tätig. In seinem Atelier stellt er vor allem emotionale abstrakte Bilder in Acryl her. Zudem ist der Künstler seit 2014 Betriebsleiter der kultSCHÜÜR in Laufenburg, Schweiz.

Dankeschön

… danke an meine Frau Regina, die mich zu diesem Roman angespornt hat. Danke, dass sie an mich geglaubt hat und mir immer wieder Kraft gegeben hat, weiter zu machen.

… danke an meine Söhne Fabian und Lukas für ihre wohlwollende und konstruktive Kritik.

… danke an Urs Heinz Aerni für seine Unterstützung bei der Veröffentlichung dieses Romans.

… danke an Dr. Manfred Hiefner vom Münsterverlag, dass er die Veröffentlichung möglich gemacht hat.